垓下誦史

鐘鳴詩選

鐘鳴 著

朝向漢語的邊陲

楊小濱

　　中國當代詩的發展可以看作是朝向漢語每一處邊界的勇猛推進，而它的起源也可以追溯出頗為複雜的線索。1960年代中後期張鶴慈（北京，1943-）和陳建華（上海，1948-）等人的詩作已經在相當程度上改變了主流詩歌的修辭樣式。如果說張鶴慈還帶有浪漫主義的餘韻，陳建華的詩受到波德萊爾的啟發，可以說是當代詩中最早出現的現代主義作品，但這些作品的閱讀範圍當時只在極小的朋友圈子內，直到1990年代才廣為流傳。1970年代初的北京，出現了更具衝擊力的當代詩寫作：根子（1951-）以極端的現代主義姿態面對一個幻滅而絕望的世界，而多多（1951-）詩中對時代的觀察和體驗也遠遠超越了同時代詩人的視野，成為中國當代詩史上的靈魂人物。

　　對我來說，當代詩的概念，大致可以理解為對以北島（1949-）和舒婷（1952-）等人為代表的朦朧詩的銜接，其轉化與蛻變的意味值得關注。朦朧詩的出現，從某種意義上可以看作官方以招安的形式收編民間詩人的一次努力。根子、多多和芒克（1951-）的寫作自始未被認可為朦朧詩的經典，既然連出現在《詩刊》的可能都沒有，也就甚至未曾享受遭到批判的待遇，直到1980年代中後期才漸漸浮出地表。我們應該可以說，多多等人的文化詩學意義，是屬於後朦朧時代的。才華出眾的朦朧詩人顧

城在1989年六四事件後寫出了偏離朦朧詩美學的《鬼進城》等傑作，不久卻以殺妻自盡的方式寫下了慘痛的人生詩篇。除了揮霍詩才的芒克之外，嚴力（1954-）自始至終就顯示出與朦朧詩主潮相異的機智旨趣和宇宙視野；而同為朦朧詩人的楊煉（1955-），在1980年代中期即創作了《諾日朗》這樣的經典作品，以各種組詩、長詩重新跨入傳統文化，由於從朦朧詩中率先奮勇突圍，日漸成為朦朧詩群體中成就最為卓著的詩人。同樣成功突圍的是游移在朦朧詩邊緣的王小妮（1955-），她從1980年代後期開始以尖銳直白的詩句來書寫個人對世界的奇妙感知，成為當代女性詩人中最突出的代表。如果說在1970年代末到1980年代初，朦朧詩仍然帶有強烈的烏托邦理念與相當程度的宏大抒情風格，從1980年代中後期開始，朦朧詩人們的寫作發生了巨大的轉化。

　　這個轉化當然也體現在後朦朧詩人身上。翟永明（1955-）被公認為後朦朧時代湧現的最優秀的女詩人，早期作品受到自白派影響，挖掘女性意識中的黑暗真實，爾後也融入了古典傳統等多方面的因素，形成了開闊、成熟的寫作風格。在1980年代中，翟永明與鐘鳴（1953-）、柏樺（1956-）、歐陽江河（1956-）、張棗（1962-2010）被稱為「四川五君」，個個都是後朦朧時代的寫作高手。柏樺早期的詩既帶有近乎神經質的青春敏感，又不乏古典的鮮明意象，極大地開闢了漢語詩的表現力。在拓展古典詩學趣味上，張棗最初是柏樺的同行者，爾後日漸走向更極端的探索，為漢語實踐了非凡的可能性。在「四川五君」中，鐘鳴深具哲人的氣度，用史詩和寓言有力地書寫了當代歷史與現實。歐陽江河的寫作從一開始就將感性與理性出色地結合在一起，將現實歷史

的關懷與悖論式的超驗視野結合在一起,抵達了恢宏與思辨的驚險高度。

後朦朧詩時代起源於1980年代中期,一群自我命名為「第三代」的詩人在四川崛起,標誌著中國當代詩進入了一個新階段,1980年代最有影響的詩歌流派,產自四川的佔了絕大多數。除了「四川五君」以外,四川還為1980年代中國詩壇貢獻了「非非」、「莽漢」、「整體主義」等詩歌群體(流派和詩刊)。如周倫佑(1952-)、楊黎(1962-)、何小竹(1963-)、吉木狼格(1963-)等在非非主義的「反文化」旗幟下各自發展了極具個性的詩風,將詩歌寫作推向更為廣闊的文化批判領域。其中楊黎日後又倡導觀念大於文字的「廢話詩」,成為當代中國先鋒詩壇的異數。而周倫佑從1980年代的解構式寫作到1990年代後的批判性紅色寫作,始終是先鋒詩歌的領頭羊,也幾乎是中國詩壇裡後現代主義的唯一倡導者。莽漢的萬夏(1962-)、胡冬(1962-)、李亞偉(1963-)、馬松(1963-)等無一不是天賦卓絕的詩歌天才,從寫作語言的意義上給當代中國詩壇提供了至為燦爛的景觀。其中萬夏與馬松醉心於詩意的生活,作品惜墨如金但以一當百;李亞偉則曾被譽為當代李白,文字瀟灑如行雲流水,在古往今來的遐想中妙筆生花,充滿了後現代的喜劇精神;胡冬1980年代末旅居國外後詩風更為逼仄險峻,為漢語詩的表達開拓出難以企及的遙遠疆域。以石光華(1958-)為首的整體主義還貢獻了才華橫溢的宋煒(1964-)及其胞兄宋渠(1963-),將古風與現代主義風尚奇妙地糅合在一起。

毫不誇張地說,川籍(包括重慶)詩人在1980年代以來的中

國詩壇佔據了半壁江山。在流派之外，優秀而獨立的詩人也從來沒有停止過開拓性的寫作。1980年代中後期，廖亦武（1958-）那些囈語加咆哮的長詩是美國垮掉派在中國的政治化變種，意在書寫國族歷史的寓言。蕭開愚（1960-）從1980年代中期起就開始創立自己沉鬱而又突兀的特異風格，以罕見的奇詭與艱澀來切入社會現實，始終走在中國當代詩的最前列。顯然，蕭開愚入選為2007年《南都週刊》評選的「新詩90年十大詩人」中唯一健在的後朦朧詩人，並不是偶然的。孫文波（1956-）則是1980年代開始寫作而在1990年代成果斐然的詩人，也是1990年代中期開始普遍的敘事化潮流中最為突出的詩人之一，將社會關懷融入到一種高度個人化的觀察與書寫中。還有1990年代的唐丹鴻（1965-），代表了女性詩人內心奇異的機器、武器及疼痛的肉體；而啞石（1966-）是1990年代末以來崛起的四川詩人，以重新組合的傳統修辭給當代漢語詩帶來了跌宕起伏的特有聲音。

1980年代的上海，出現了集結在詩刊《海上》、《大陸》下發表作品的「海上詩群」，包括以孟浪（1961-）、郁郁（1961-）、劉漫流（1962-）、默默（1964-）、京不特（1965-）等為主要骨幹的以倡導美學顛覆性及介入性寫作風格的群體，和以陳東東（1961-）、王寅（1962-）、陸憶敏（1962-）等為代表的較具學院派知性及純詩風格的群體，從不同的方向為當代漢語詩提供了精萃的文本。幾乎同時創立的「撒嬌派」，主要成員有京不特、默默、孟浪等，致力於透過反諷和遊戲來消解主流話語的語言實驗，也頗具影響。無論從政治還是美學的意義上來看，孟浪的詩始終衝鋒在詩歌先鋒的最前沿，他發明了一種荒誕主

義的戰鬥語調，有力地揭示了歷史喜劇的激情與狂想，在政治美學的方向上具有典範性意義。而陳東東的詩在1980年代深受超現實主義影響，到了1990年代之後則更開闊地納入了對歷史與社會的寓言式觀察，將耽美的幻想與險峻的現實嵌合在一起，鋪陳出一種新的夢境詩學。1980年代的上海還貢獻了以宋琳（1959-）等人為代表的城市詩，而宋琳在1990年代出國後更深入了內心的奇妙圖景，也始終保持著超拔的精神向度。1990年代後上海崛起的詩人中最引人注目的是復旦大學畢業後定居上海的韓博（黑龍江，1971-），他近年來的詩歌寫作奇妙地嫁接了古漢語的突兀與（後）現代漢語的自由，對漢語的表現力作了令人震驚的開拓。還有行事低調但詩藝精到的女詩人丁麗英（1966-），在枯澀與奇崛之間書寫了幻覺般的日常生活。

　　與上海鄰近的江南（特別是蘇杭）地區也出產了諸多才子型的詩人，如1980年代就開始活躍的蘇州詩人車前子（1963-）和1990年代之後形成獨特聲音的杭州詩人潘維（1964-）。車前子從早期的清麗風格轉化為最無畏和超前的語言實驗，而潘維則以現代主義的語言方式奇妙地改換了江南式婉約，其獨特的風格在以豪放為主要特質的中國當代詩壇幾乎是獨放異彩。而以明朗清新見長的蔡天新（1963-）雖身居杭州但足跡遍布五洲四海，詩意也帶有明顯的地中海風格。影響甚廣的于堅（1954-）、韓東（1961-）和呂德安（1960-）曾都屬於1980年代以南京為中心的他們文學社，以各自的方式有力地推動了口語化與（反）抒情性的發展。

　　朦朧詩的最初源頭，中國最早的文學民刊《今天》雜誌，

1970年代末在北京創刊，1980年代初被禁。「今天派」的主將們，幾乎都是土生土長的北京詩人。而1980年代中期以降，出自北京大學的詩人佔據了北京詩壇的主要地位。其中，1989年臥軌自盡的海子（1964-1989）可能是最為人所知的，海子的短詩尖銳、過敏，與其宏大抒情的長詩形成了鮮明對比。海子的北大同學和密友西川（1963-）則在1990年後日漸擺脫了早期的優美歌唱，躍入一種大規模反抒情的演說風格，帶來了某種大氣象。臧棣（1964-）從1990年代開始一直到新世紀不僅是北大詩歌的靈魂人物，也是中國當代詩極具創造力的頂尖詩人，推動了中國當代詩在第三代詩之後產生質的飛躍。臧棣的詩為漢語貢獻了至為精妙的陳述語式，以貌似知性的聲音扎進了感性的肺腑。出自北大的重要詩人還包括清平（1964-）、西渡（1967-）、周瓚（1968-）、姜濤（1970-）、席亞兵（1971-）、冷霜（1973-）、胡續冬（1974-）、陳均（1974-）、王敖（1976-）等。其中姜濤的詩示範了表面的「學院派」風格能夠抵達的反諷的精微，而胡續冬的詩則富於更顯見的誇張、調笑或情色意味，二人都將1990年代以來的敘事因素推向了另一個高度。胡續冬來自重慶（自然染上了川籍的特色），時有將喜劇化的方言土語（以及時興的網路語言或亞文化語言）混入詩歌語彙。也是來自重慶的詩人蔣浩（1971-）在詩中召喚出語言的化境，將現實經驗與超現實圖景溶於一爐，標誌著當代詩所攀援的新的巔峰。同樣現居北京，來自內蒙古的秦曉宇（1974-），也是本世紀以來湧現的優秀詩人，詩作具有一種鑽石般精妙與凝練的罕見品質。原籍天津的馬驊（1972-2004）和原籍四川的馬雁（1979-2010），兩位幾乎在同齡時英年早逝的

天才，恰好曾是北大在線新青年論壇的同事和好友。馬驊的晚期詩作抵達了世俗生活的純淨悠遠，在可知與不可知之間獲得了逍遙；而馬雁始終捕捉著個體對於世界的敏銳感知，並把這種感知轉化為表面上疏淡的述說。

當今活躍的「60後」和「70後」詩人還包括現居北京的莫非（1960-）、殷龍龍（1962-）、樹才（1965-）、藍藍（1967-）、侯馬（1967-）、周瑟瑟（1968-）、朱朱（1969）、安琪（1969-）、王艾（1971-）、成嬰（1971-）、呂約（1972-）、朵漁（1973-），河南的森子（1962-）、魔頭貝貝（1973-），黑龍江的潘洗塵（1964-）、桑克（1967-），山東的宇向（1970-）孫磊（1971-）夫婦和軒轅軾軻（1971-），安徽的余怒（1966-）和陳先發（1967-），江蘇的黃梵（1963-）、楊鍵（1967），浙江的池凌雲（1966-）、泉子（1973-），廣東的黃禮孩（1971-），海南的李少君（1967-），現居美國的明迪（1963-）等。森子的詩以極為寬闊的想像跨度來觀察和創造與眾不同的現實圖景，而桑克則將世界的每一個瞬間化為自我的冷峻冥想。同為抒情詩人，女詩人藍藍通過愛與疼痛之間的撕扯來體驗精神超越，王艾則一次又一次排練了戲劇的幻景，並奔波於表演與旁觀之間，而樹才的詩從法國詩歌傳統中找到一種抒情化的抽象意味。較為獨特的是軒轅軾軻，常常通過排比的氣勢與錯位的慣性展開一種喜劇化、狂歡化的解構式語言。而這個名單似乎還可以無限延長下去。

1989年的歷史事件曾給中國詩壇帶來相當程度的衝擊。在此後的一段時期內，一大批詩人（主要是四川詩人，也有上海等地的詩人）由於政治原因而入獄或遭到各種方式的囚禁，還有

一大批詩人流亡或旅居國外。1990年代的詩歌不再以青春的反叛激情為表徵，抒情性中大量融入了敘述感，邁入了更加成熟的「中年寫作」。從1980年代湧現的蕭開愚、歐陽江河、陳東東、孫文波、西川等到1990年代崛起的臧棣、森子、桑克等可以視為這一時期的代表。1990年代以來，儘管也有某些「流派」問世，但「第三代詩」時期熱衷於拉幫結夥的激情已經消退。更多的詩人致力於個體的獨立寫作，儘管無法命名或標籤，卻成就斐然。1990年代末的「知識分子寫作」與「民間寫作」的論戰雖然聲勢浩大，卻因為糾纏於眾多虛假命題而未能激發出應有的文化衝擊力。2000年以來，儘管詩人們有不同的寫作趨向，但森嚴的陣營壁壘漸漸消失。即使是「知識分子寫作」的代表詩人，其實也在很大程度上以「民間寫作」所崇尚的日常口語作為詩意言說的起點。從今天來看，1960年代出生的「60後」詩人人數最為眾多，儼然佔據了當今中國詩壇的中堅地位，而1970年代出生的「70後」詩人，如上文提到的韓博、蔣浩等，在對於漢語可能性的拓展上，也為當代詩作出了不凡的探索和貢獻。近年來，越來越多的「80後詩人」在前人開闢的道路盡頭或途徑之外另闢蹊徑，也日漸成長為當代詩壇的重要力量。

　　中國當代詩人的寫作將漢語不斷推向極端和極致，以各異的嗓音發出了有關現實世界與經驗主體的精彩言說，讓我們聽到了千姿萬態、錯落有致的精神獨唱。作為叢書，《中國當代詩典》力圖呈現最精萃的中國當代詩人及其作品。第二輯在第一輯的基礎上收入了15位當代具有相當影響及在詩藝上有所開拓的詩人。由於1960年代出生的詩人在中國當代詩壇佔據的絕對多數，第二

輯把較多的篇幅留給了這個世代。在選擇標準上，有多方面的具
體考慮：首先是盡量收入尚未在台灣出過詩集的詩人。當然，在
這15位詩人中，也有少數出過詩集，但仍有令人興奮的新作可以
期待產生相當影響的。即便如此，第二輯仍割捨了多位本來應當
入選的傑出詩人，留待日後推出。願《中國當代詩典》中傳來的
特異聲音為台灣當代詩壇帶來新的快感或痛感。

目次

鹿，雪

你還在怨訴什麼，你的眼光觸及後
它們就再不結隊成群地逡巡雪地
你究竟抱怨誰，因為一成不變
你才喪失了目光，記憶，野獸也懼怕的

密室裡的唯一火源和冬天的精神
它們的一句話在空氣裡就能敗壞你
你的嫉妒，恨，都沒有用，這些
彷彿是風暴留下的空餘時間和恩遇

在悄然消失，順從它們微妙的頭顱
它們雪花般飄忽的魅力使你的子彈
也像雪花一樣，無聲無息的
你聽不到別的響動，山巒在叛變
那些絨角，在最枯燥的時刻

也會像月中裸露的神木結伴而行
這之間，有一種高貴的祕密和
趣味相投，使漫漫黑夜吸取它們
傷口上的血，然後，變得更晦暗
它們與偶而閃動的痕跡相處

為了躲避冷箭渾身都睜開眼睛
對於夜晚和清晨之間那些
神奇的觀賞者和冷酷的獵鹿人
它們的舉止含混，一身是雪
這些形狀特有的一種寒冷你看不見

1987

背　一塊剛從黑暗裡升起來的石頭

愛撫的第一級臺階，冰涼的物質

所有的空虛和寂靜都隱藏在它的胚胎中

一個貿然決斷的源泉，也是肉體核心的

最後一扇門，忒具真實性，是很擅長運用

權力的液體，影子和由外殼構成的局面

像白雪在精神豐富的區域裡痛苦產生

像茫茫戰火裡小小的一片胸甲

默默改變著自己的命運，為愛的光芒照亮

它說不出那樣的誕生和純粹

但知道，那些出於折磨的柔情之手

那些陰影裡盲目的摸索，誰將是佔有者

1987

著急的蝴蝶

從高樓拖下的那熨帖的
年齡，正相當一次蝶舞
氣韻深長，且危險

她的任勞在大的玻璃匣中
狂飛無度，讓風暴
越颳越深邃
光在相反的一面
被吸，被拖走

濾過的物質是假物質
她的雙翅像集郵似地集風光
由此高興，奪目，但
她的觸點是白色的
更接近欲罷免的肉體

觸點以外的那種進食方式
形同烏有，而語言
在大記憶的退卻中
猶如燈狀管狀時隱時現

沒有具體的形態為她觸到

突破，息事寧人

像聾鼓重重的一擊

1987

畫片上的怪鳥[1]

這就是那隻能夠「幫助」我們的鳥
它在邊遠地區棲息後向我們飛來
聲音頹然充滿諧趣，羽毛濕漉漉的
這就是那隻鳥，來自烏黑的地層和樹冠

它達到最高最富麗的一個音符後
再用低音襲擊我們，急速而優雅
它的扮相非常嚇人，眼球雪白
牙齒漂移，這就是它被刺激後
孤零零地去救命或被救的模樣

它的飽食使我們覺得這世界空虛
它的嘴銜著拉丁文像塵封的玫瑰
發出古老的音調，鼻子越演越熾烈
它執著傘，情緒懷舊，它的羽毛
和灰暗的天空仍是那樣的粗硬

---

[1] 已故詩人張棗君當時從德國寄有明信片一張，圖案是一隻鳥撐著雨傘在雨中飛行，樣子怪怪的，口呼「Help」，有「救命」和「幫助」兩義。那時大家的生活都圍繞著文學轉，茫然，清貧，內心彷彿也時時喊著「救命」，但也時時苦中作樂，縈繞詩藝和煉句，談吐也荒誕不羈，像「運送器官」、「形象漂移」一類。

當雨點敲打它的頭皮時，我們清醒而憂傷
但我們內心的騷動卻得到一致的寬恕
像它的古典巨蹼，飛越在兩個星球之間

1987

中國雜技：硬椅子

1

當椅子的海拔和寒冷揭穿我們的軟弱，
我們升空歷險，在座椅下，靠慎微
移出點距離。椅子在重疊時所增加的
那些接觸點，是否就是供人觀賞的
引領我們穿過倫理學的蝴蝶的切點？

或在百善之首，本就該有這樣的形貌，
或是因為疊得太高而後傾斜的某種食物？
他們要爬得很高很陡峭來讚美這種配給。
這些攀登者，有那種讓影子入木三分的

功夫嗎？那得操練勇氣，把魚嘴上一塊
暈斑看作是椅子的玄學者，非常狡猾地
給他們的一種軟器械或一種哭訴的智慧。

當他們頭腳倒置，像一隻瘋狂的蜘蛛，
把它的網和目光傾吐在股掌最細的脈絡上，
血會逆流嗎？柔術輕身會讓人更加超然嗎？

問問青銅鑄成的先知，他滿口輕笑著的
肖形的渾天儀，是否就是那些青蛙、龍和星宿？

爬高者在椅子上，像侏儒般倒立，露出破綻來，
看它是詩，天梯，還是椅子，或椅中的偶人？

2

「皇帝最怕什麼，椅子。」

椅子繃緊的中國絲綢，滑雪似地使他滑向
冬天，他專有的嚴冬。深邃的目光，將要
對付他，將他以運動來打掃，靠椅子和他
用準確音調說的錯話，一種病的權力。

但，誰知道，人民該做些什麼呢？
這些傾覆之下的免於自由的好心人，
非常死板的緊緊地盯住他的不清潔，

因此我們有責任讓嘴和椅子光明磊落。
在愷愷而無雪的冷漠和空虛裡，
在繃得像陶土一樣的千人一面，
他坐出青綠，黃色，絳紫，制度，吃住軟硬，

兼施暴力和仁慈。他以硬氣功練出的頭面，
能夠發熱，把經筵[1]像巨缸頂到我們旋轉的
頭上，我們便有了讀書月，有了豐雪兆年，

我們的勞動和王的親耕也將被認同，
文武嘴，筆直地出來，計較所得所失，
而王，在小事的交椅上則看到座次。

3

我們有「私」嗎？公開後將不會存在，
並非名義上這樣。我們能否有被公開後
仍然存在的那種「私」，那種恪守，
因傳種的原理而被愛和它的狹義橇動？

其中，有許多隱秘能被破解，你相信它，
就能果腹。我們真有「私」嗎，像椅子，
僅屬於那攀緣之手，唯一的，非別的手，
不是所有的時候，也不會在其他椅背上，

---

[1] 古時專為皇帝一個人講解經傳史鑒而特設的講席稱作經筵，始於宋代。

或靠著它難以理解地趨步昇至風險和
眾矢之的？在它私下沉落的光亮之中，
有輕抬的腕托給它永遠被遺忘的輪廓，

如今，他們的臉，薄如椅子所感受的那層
地板的空響，扣人心弦，但，這是誰呢？

僅在一個初春短夜就讓所有的人熬了
一千零一夜；一個處子裸露，大膽而無羞，
所有的女人便通感了他的裸露，是誰呢，

使得我們的面子像拼湊椅子的薄木板，
因為缺乏表情而被瓦解，讓鐵人和硬骨頭，
從雜耍裡走出來，而人間私事則成了「醜聞」？

4

她們練就一身的柔術，卻使我們硬到底，
不像肋骨在我們體內，能恕罪，得救；
不像一株蔓，牽引著鳥和它定時而歸的
幸福，災難已降臨，我們在藍羽支的

微微的血浸中就看到了，但，此刻，
卻是前所未有的寧靜。她們也不像
夏季的雪，靠著攀緣和呼吸的高度就
聳起它的凌亂和潰散，讓它最細的顆粒，

流過軀體的死角，在俗套的舞臺上，
像一根很瘦的腰帶拴住解悶的雜技團，
在那裡，加重它的表演，而實際上，
她們只是像忍受服裝一樣忍受刺激，

跳七盤舞[1]，把鋒利的鋼劍舞成頭飾，
與箱子一起身首異處，還可以
讓醋把腰和對椅子的關照瘓至腳跟，
一朵花就承受了她們全部的輕盈和美。

她們的柔和使椅子像要一個軟枕頭
似的要她們，要她們燈火裡的技藝，
要她們柔軟胸部致命的空虛。

1987

1　流行於漢代的一種舞蹈，蜀地畫像磚有此種圖案。

紅劍兒

當劍在它們的口語中比速度時
她的韌性在誰眼裡，她炭火的
紅衣，在她一躍時，就成了劍的
精粹和封喉之血，但在誰眼裡
有那暗地凝結的鋒芒──

是恐懼，犧牲，還是正義的投身
在未損於她時已鑄在了劍尖上
多麼恐怖的殉難者的膏腴和胸脯啊
我們舞到頭也不及她狠心的一擲

她白得更刺眼
領略血的殷紅更深
從以往的距離
我看到怯懦的攻擊者
但她的骨殖在劍中另有一番空響
無法避免被引向人群中劇烈的比劃

我們的身段成了流星和光環
她祕密的五層網布下烈火的
巢穴和極度的寒冷
嬗變的身法像灰燼中的烏有

當我們輪番殺死隻老虎

哪怕歲月歷經了很久以後

我們仍會聽到鋒刃裡的嘯聲

它透過劍匣嗅著，甚至要吃我們

直到那秋風愁煞的女人騎馬而來

才像斬落大氣人頭似的斬落它

她就像那投身斧薪的古稀劍客

突然從血和燧石裡站起來

遞給我們風快的刀和劍

她抽出身段發出淒厲的叫聲

1987年

羽林郎

他有個肥皂的舌頭

——洛爾伽

北方有佳人，南方有羽林郎。
羽林郎，莫太失望，浮雲片片，
正好作你故鄉，你藏在豆子裡，
挨著灰手兩隻，一別如雨！

清風啊，飄我衣。羽林郎，
你在測算麼，可知霸橋飛鶯，
河裡嗚咽著羽人蒼白的面龐，
來辨辨，是嬌女，還是羽林郎？

逍遙石宮，豎滿碑帖，
歲月回往，幽鏡難以複持。
我帶來一撮你從未嗅過的頭髮，
門環熔鑄的兩只青銅乳房。

我從古城來，羽林郎啊！
獸伏於草，魚躍順流，
臘梅仍舊在你瓶中芬芳，
古時的羽箭也灼灼閃著青輝。

羽林郎，上射十日的羽林郎。
月中有好嫁女，夢裡有歸宿。
混沌的第一日我便仔細瞧你，
琥珀的眼睛，高高的鼻樑。

燃著藍色的羽毛狀的火焰，
淚流滿面，滔滔不絕。羽林郎
你悄悄睃進了我的耳朵。
解我羅衣，我像鶴一樣潔白。

羽林郎，你用最古老的鐘鼎之聲，
縈我耳畔，使我忘了這遙遠的古城，
這些壕溝，這些玲瓏雕琢的塔，
半醒的井水和散發死人氣的陶俑。

稻草上終將結滿無情的寒霜。
北方佳人像雲從窗口伸出頭來，
南方羽林郎像羈鳥朝簷上飛起。
羽林郎，快迎接你溫柔的嫁娘。

我從金晃晃的銅車向你飛來，
在淡綠的柳絮裡向你委身，

像千年弦聲絕唱放縱於你，
使你不勝悲喜，羽林郎！

1992

鳳兮[1]

寂滅的鳥兒消逝在空洞的風裡
仍然可以看見它，迷亂的翅膀已熄滅
但和諧的光比所有的巢棲者
都更清楚，雖然我們整體還像
一個急需光線的瞽者，甚至
摸不到它，連升天的梯子也變成了灰

它集中了最後一點羽毛，在夏季的
蟬鳴中，延長細膩的蛇頸
月亮在它背上更加朦朧渾圓
雙耳在冰冷的灰裡抖動
死者在樹上陳列他們的身體
合成一個乳白色的小小胸像

在沒有溫度的四大元素與火焰中
我看到一條鑫斯小小的臀股

---

[1] 此詩是未完成的長詩〈樹巢〉中的一首，寫於1990年至1991年間，時值臺灣《聯合報》副刊14屆小說獎附帶徵集新詩，見其獨立，便取出修改，隨後獲獎，因不能去臺，遂請《創世紀》詩刊主編洛夫先生代領。那時，港台詩人和大陸詩人多有交往，未能發表的詩作，經葉輝、洛夫諸先生，也頻繁在港、臺報刊刊出，包括《星島日報》、《大拇指》、《秋螢》、《創世紀》等，於「朦朧詩」多激勵之功。洛夫先生後感時局動盪移居加拿大。當時詩歌評委對詩中「在咽氣斷殼的氧化物中，我看清了／它華麗的隱身術，聽見『節節足足』的聲音……」一句不甚理解，有過一番爭論。其實，這恰好是有出處的，《說苑》、《太平御覽》、《格致鏡源》均有載：皇帝見鳳凰之象，以問天老，天老有一番複雜的解釋，其中有「……遊必擇所，饑不妄下。其鳴也，雄曰節節，雌曰足足」。後也自聞太僻，便作了改動。

一個整夜扣動心弦的靈魂

正在那裡鑿深井，捏造土龍

我看到了一具帶弧線的殘骸

聽到丁丁的伐木聲，沒一隻鳥

不在用圓潤的嗓音說它是無辜的

沒一匹樹葉不在碧梧上寫下

頹唐的字句，在蕭條中超度死者

饒恕那些暴虐無度的人

它在魚兒戲游的水潭交頸接翼

並將自己拆散，像麋鹿解角

我很想認識這隻不死的鳥兒

它的五彩羽棲落在哪一棵樹上

哪一個星球，哪塊沒耕過的土地

我臉色蒼白，兩手合十，晝夜不停地呼吸

這個永不厭煩的地球，僅僅因為它

任意暈眩，隨心所欲地死

我們該怎樣才能像它在樹上

振翼修容，在隨風飄散的

肌骨上準確捕捉死者的目光

把悲哀留給已滿千歲百齡的虛清

它像一匹綠葉欺近我們
在閃爍的灰裡刨出一些爪和燧火

而不是被刺骨的冷風緩緩捲走
或像呼吸的隔膜無影無蹤
我們的四肢比它的冠要柔嫩，輕微
但怎樣才能超越痛苦
是以人血塗面，消失在地下
還是在清晨，像僧侶那樣隱逸
或走過植物園成為一種構造

在咽氣斷殼的氧化物中，我看清了
它華麗的隱身術，聽見了它的聲音
或許那是樹幹相互叩階的聲音
我只想知道它的影子會埋在哪裡
它是否穿過了日月星辰，它的灰燼
吹入虛構的涅槃或死者臉上的鬢眉
我們僅僅是在黑暗中風聞了它

1990年

石頭

在你指尖觸及的空氣裡有塊腥紅的
石頭，狂風穿透了它的心，
樹林裡流著枯魚和幽暗深不可測的尺度。
如果，你仍是個孩子，風兒
可以讓你用石塊驅鳥，或門下羅雀，
醒來後，石頭的黑暗和
沉默便已結束。樹液凝固在自己的裂隙，
一片穿過死者的硝石
也折斷你的雲袖和默認的現狀，如蒼天
玄幽未明。你來自黑暗，
而石頭卻來自時間一剎那的揮霍。
它的光明，樹上的捲舌星和
積屍星，可怕地隕落地上，並告訴死者：
永恆不大可能，渴望來世圓滿
或者抱怨，或擴大那些地面上的裂痕，
也不大可能。石頭的碰撞，
黑鐵鋒快的犁鏵，樹葉磨光的圓形小石桌，
都有一道不可分割的深淵。
在手裡積澱的物質，物質的豐饒已教會了
人們去改火，追蹤和獵殺。
只有死者的軀殼才會經受不住風兒整日的
吹拂，但卻因口裡含的一粒石子，
或一枚小石鎖而輕輕步入永久的睡眠。

石頭裡有沒有一扇寬敞的門，

有沒有凝結的水和雲霧，這是我們不瞭解的，

但鳥踵輕鬆陷入石穴與深潭，

攫住污泥躁動的根子與不孝子孫卻為人所知。

那些化作地下焦油的皮膚和骨節，

猶如不復存在的動物，又重新填入了時光，

掠走如潮翻滾的軀體，將它們在

最尖銳的石頭上撕碎；在最深的地獄睡眠，

讓灰塵和死者封住石頭。

1991

風截耳

風裡生出小獸和伶俐的耳朵，聽人世的聲音，

聽壁縫蟋蟀的聲音，樹上少女的聲音，

雨聲，鳥的和鳴聲。小動物在樹葉裡抖動著，

偷聽家族暴力。深埋土中的人開始

祕密地萌芽。牆頭上颳過風，粉壁一定插有

雙耳，結實的雙耳，昆蟲的密探，

門縫的窺視者，招風耳……他們在白晝

就像在黑夜，在穿羽翅的清晨，

就像在灌木謹慎困守的暮靄，知來世不知今生。

當嗚咽的鵲巢在清冷的空氣裡啼囀，

狂風固執地要折斷全部耳朵，刀沾泥屑的耳朵，

化為風色的耳朵，落在田壟上的耳朵，

粉飾的雙耳，老虎吃人的耳朵，傷人總是害己。

風把樹木吹得像鬼一樣地嚎叫。

疾行的野獸吞掉了耳裡的守護神，人們

再也不得自由起舞，雲車風馬，

露出了蹄筋和毛髮，想弄清可恥的起源。禹耳

有三個窟窿，通過這些黢黑的窟窿，

風刀切斷人的命脈，再無頑強的魚鳧能夠涉水，

也再無通人像壯士那樣唱「風蕭蕭」。

風兒使萬物生出頭腦，奔跑者反無需這頭腦，

嫁接的穀子會服從新的白露和季節，

風吹耳鳴。上有九頭鳥回應著地面的秀才寫字，

刀刃相擊見血，耳朵俯首聽命，只有
暗中背叛的耳朵猶如小銀魚，讓風吹滅咬住它們，
頗似暴徒恣憑撲地的灰埃才能擺脫恐懼，
牆壁上掛滿了鐵籠子，掛滿人頭，要先把消息
吹入所有在逃的耳朵，風洩露了方位。
群鳥卻無法以匿名的喙制止這耳邊風，那銅雀呢，
是否還必須在燭陰的眼裡顛倒時辰，
重新鑄過，變光明為晦澀，變萬里長風為污染的
雙耳，人被盯死，空曠的耳朵被曬乾！

1991

逝者

我的人民不分白晝黑夜，死裡逃生。人民，

就是那些將生死置之度外的人，

是釜中的魚，甌裡的灰塵。肉歸於土，

而靈魂和動作歸於風眼。他們

保持著最大的忠實。人民啊，就像一群鬼，

道德的化身，面目並非可憎，

他們被教誨和愚弄，在臘杆上，在風雪嚼著

梅苞的嘴皮，在一只甕的懷柔中，

在最冷的斧鉞的記憶裡，才會看清他們，

陰暗而痛苦。人民，就是被污辱

曲解的形象。雙手拎著耳朵，想聽清楚，

神究竟對他們說過些什麼，

抑或什麼也沒有說，風掠過鵲巢和井壁，

他們不知道狂風乍起何處，

他們就生在風裡，但卻沒一個確鑿的證詞。

他們只是張開翅膀，四下遊走，

朝著謙遜的來世和平庸的現在。他們身價百倍，

行將就木，一個虛偽的人虛構其人民。

人民就是匍匐在白天的黑夜，被菖蒲塞緊的

鼻子，是變成繩索的飛駁獸，

通體像星星一樣發光。他們吃了太多的灰塵，

受了太多杜宇鳥和蝙蝠的驚嚇，人民

就是風裡的蝙蝠和鐳，太陽無法照耀的那部分，

溫暖的呼吸已經不再屬於他們。

雖說人民，就是萬物的菁華，望塵莫及，但他們

卻像烏雲般被鐵索栓住了脖子，

他們作了白天的鬼，卻在夜裡啼哭、嚎叫，

沒有瘟疫，也沒有早晨。

人民就是夜裡的一撮土和光明積澱的一滴水，

是彩色的飛簷和巢裡的驚弓之鳥，

再沒有人攀緣雲梯或擰了鸞刀去那裡殺生，

呼吸之氣全都歸於黑暗和人民，

沒有風吹落的橡粟，也沒有渾沌的兩耳，

只有夜夜如斯。

1991

軒[1]

人封閉自己，直到看見萬物穿過他狹窄的裂罅。[2]

——布萊克

我端坐在竹席上，為一隻昆蟲讓路，
讓星星緊貼在老虎那稚嫩的面龐上[3]，
風兒在一些不理解的器具間斷裂著，
我比月光跑得要慢並學著忍受傷亡。

一隻猛虎帶著金箭穿過山澗，
兩隻面上的惡鳥使人臉更顯清臞[4]，
像一個癲僧揣在破衣裡的岩石片。
羊端詳著我的表情，是半醉，還是

---

[1] 軒指舊時建築有窗檻的長廊或小室。這是我嘗試的一種「靜觀詩」，其動機則來自英國的神秘詩人布萊克（William Blake）和唐代禪詩人寒山。他們兩人都是斂聲閉息，靜觀蟲魚微物，問著人世難題的奇人，像寒山的「此時迷徑處，形問影何從」，與布萊克《小男孩的尋找》所敘極為相似：The little boy lost in the lonely fen/Led by the wand'ring light/Began to cry but God ever nigh/Appear'd like his father in white。據說，布萊克幼時宿慧，四歲即見上帝以額貼窗，八歲時，則見樹間樓滿了天使。

[2] 引布萊克《天堂和地獄的結合》中《一個值得紀念的幻想》：For man has closeed himself up till he sees all things thro' narrow chinks of his cavern.

[3] 這裡暗寓布萊克的名詩《老虎》（The Tyger），詩中有：When stars threw down their spears。

[4] 寒山詩句：「面上兩惡鳥，心中三毒蛇」。

佯狂？是我們決眥向外看一川流水，
還是一種大放光明的慈悲落在黑色的
露盤上[1]，抬起他甜蜜的眼皮？
神喻如何拋出他高傲的頭形？

一生中我曾只愛這烏黑的頭型，
她靈巧而變化，受過不少驚嚇，
但仍像松果一樣美妙，幽冷地
抵近這紙軒，從未發任何雜音。

天亮時，我們又獲得了土地的形狀，
鳥兒啁啾著，拌著大地的機杼聲，
涼風習習地要將這豐腴的夜晚搜索，
而樹瓢則將石上的清泉慢慢地疏遠[2]。

1991

---

[1] 這裡原句為「還是一種大放光明的慈悲落在黑色的露盤上，抬起孤獨的金
莖」，暗借漢武帝的故事，傳說漢武帝造承露臺，有銅仙人拿著銅盤玉杯，
承接雲表之露，然後合玉屑飲服，以求長生。金莖即承露盤上的銅柱。後覺
金莖過於生僻，故改為現在的句子。
[2] 寒山詩句：「拋除鬧我者，歷歷樹間瓢」。

蹴鞠小考

這邊是群善良百姓，那邊無賴少年太子黨。
都是幫迷信的人，要瘋狂抓住時代的風格，

明鏡照物，妍媸毛嗇並無二致，前進起來，
也是臉面和形體清濁難分，還忒嘮騷煩人。

夜幕下垂，瑣屑的燈花，爐灰剛殘，親戚相
奔走，小道又驗明祖國邊疆一直在悄然收縮。

東西邊懸掛同一輪紅日，脆弱少年盯著嘹喨的
子午線，奔走入伍，只有個把人因貪床而崩潰。

有的剛剛砍了犯人頭，有的擁抱豪華的宴席，
湖山深鎖，陌巷隔壁的通姦兒郎全是些精銳。

我並非末世論者，但當我看到，有人臘八煮肉，
有人在俗氣的會館裡與鑾輿結親，密謀，審判，

嘴邊掛的仍然是悉聽尊便，仍扛著萬戶歡慶的喇叭，
還以為是命運，眾望所歸，骨子裡卻是「豬堅強」。

街市上，還是一隊鬼神，一隊判官，一隊鍾馗，
工農兵敲鑼打鼓，出了不少狀元，也收人頭稅。

中產階級怕稅，窮人怕過年，革命幫助窮人過年，
因為革命是由某種儀式構成的令人難忘的場面，

就像褐色的燕子在饒梅花酒弄得過於精緻的春天，
用它們的尾巴靜悄悄地剪了一幅繁榮盛世的圖畫，

一些舊的犀甲，一些新的鑾鈴，迴避，青驄寶馬，
經過大紅大綠的買賣冊封後開始逍遙，嘶鳴，

用蹄子蹦著時代的大門……這使百姓深感不安，
不得不想到雞鴨面對著「牛前進」會不知所措。

地平線微弱的曙光，已不再將劫後餘灰和謬誤清算。
理論上廣場是供市民漫遊的，但卻遭到前世的詛咒。

你必流血，你必在吶喊中摔下來懇切地付出代價，
你必撞擊對手，用棍子將驕傲的人不屈的人抽打。

事後，不朽的松樹會將血腥的鬥爭告訴後代，
商販黨棍淺斟低唱，拿錢說事，未留蛛絲馬跡。

蒙古送來了礦產——於是，北邊的便學騎馬射箭，
也就是學習草原和狩獵，掌握馬鐙，皮具和鞭子。

國學院於本世紀用印度麝香改造了幾個素喇嘛，
只因其辯經未敢抄襲，要改造他們，鼓勵他們！

有個吳道子畫師蘊墨於胸，正要給光明譜新曲，
但一聽戲坊裡的蹴鞠聲，就攜伎鑽進了鳳凰樓。

畫了幾個死骷髏，點了幾枝活梅樹，青絲貼面，
人人都在搶購歐洲雜粹，人人都戴民主的面具。

俄羅斯曾幫助管理詩歌，德國人用鐵路運送園藝。
颯爽的女民兵來了，儀仗換代，和尚與道士鬥毆，

在一場靈魂的遊戲中，人民，你的眼睛盯住什麼？
面對誘惑和大片淪陷的廢墟，你用什麼來打馬球？

1997寫，2014年修訂

穿紅鞋

我的腳跟套了雙紅鞋我當然好看，
與你們官場上戴黑帽子的球相干！

確實，苦悶難耐的好心人拉開了我的衣襟，
使我無需領黨證，也不再迎迓，或虛以委蛇。

紅鞋子紮了黑帶子，我便知什麼是一生的誤會，
那也可能是青春期神祕的錯亂，那又有何妨。

錯得恍惚，難耐世故，便經不起時間的考驗。
千百年來，青春、風流和閨怨都是如此教導：

出門要有一抬花轎，水裡要浮荷花，而星星寂寞，
見了滑稽可笑的事不要幹了鮫淚漏了脖子露了牙；

注意牙齒和手絹的關係，群眾和政黨的關係，
要注意作風和影響，注意油燈裡沸騰的眼波，

更要注意《肉蒲團》和《紅樓夢》裡的重碰桅檣，
但在形勢危機時，則不妨多表彰一些浪漫主義者；

私下通姦者處死——當然，是用公眾轉動的輿論，
讓小紅鞋亮相，若漏窗下有個窺淫癖好的丫頭，

或者民俗法概不追究的民俗，或它所給予的浪蕩，
則又當別論。旅館裡到處都是青瓦，麻繩和監視。

一襲哭的青衫，一截獅子滾繡球，加上風流刀姐，
總遭訛詐，空氣不會死亡，孤單的陰影將受阻礙？

一杯薄酒助美人花間觀鳥，在水中濯足，
我不會飛，但我不再有囈語，花鼓再急，

我也只在房間用紅繩把雙鬢綰住，把腿鎖住，
男扮女妝，也到是人皆喜歡的二人轉，嘻哈著，

打情罵俏，百姓最愛，低級卻可駕馭，
所以拍電影的總是到那裡去唱信天遊。

老人們總是洋芋開花牆頭上結了溜溜，
三股麻繩鬧鬥爭，洞洞龍門上瓦扣瓦。

外面的總是賭氣，像蘆花公雞我的親哥哥，
裡面的總是頹廢，動輒就掀起我的紅肚兜。

我穿紅鞋，眯上杏眼，不妨去好萊塢閒逛，
（這些年，好萊塢票房也取決於中國元素）
彎彎柳眉，只要有「乾爹」，便不會寂寞。

良家女跋紅鞋絕非為了途中半碗涼水，
殊途同歸方清楚大家眼裡悲傷的沙漏。

1992寫，2004年修定

春之祭

犍牛在嚼草，等待永無止境
曼德爾斯塔姆《TRISTIA》[1]

從大霧霾的浪費鋪張嗅出「春天」是一種
污染的氣候，這並不難，難的是你能持續
看出地平線有沒有改變過，新時代接替
舊時代，並非一個比一個更健壯，更真實，

月亮一年比一年更大，更黃，像「牛前進」，
橫木以告：快在同一個地方給祖先燒些紙，
你或許就會跟民國的人一樣寬心，跟宋代的
人一樣，熱愛古銅器，悉心金石，或羊角燈。

跟李清照的老公一樣，續寫一本《考古圖》，
然後，奔命，馬不停蹄，在福建咳血而亡，
連一枚玉尺也未留下，最終也就不曉周制的
長與短，更不知祖乙定邦在南方，還是中原。

你只知漢時的「宜子孫」和「未央常樂」，
但你卻未必曉得霸王所經之地不一定就是

---

[1] 《曼德爾斯塔姆詩全集》，汪劍釗譯，東方出版社，2008年版，75頁。

殷人早期所居。你看夠了各代農民挖出來的
烏木，還有什麼也不能說明的陶鬲，雖然

也能巧妙排出歷史更換的序列來，但你也為
幾個賊活活的古董商所牽制，卻未解樹葉的
淫蕩表情，還有幾頂偽裝得很灑脫的官帽子。
倒看了幾隻斑鳩和鷓鴣在那裡仔細地吃蚯蚓，

百姓照常在穀雨中祕密地飲著家釀的烈酒，
背脊上吹落的一匹樹葉就是春天的一條河，
柳樹和浪一起擺動，青股子白菜葉葉兒寬，
也一起擺動。溫柔的姐妹們，卻脫了弓鞋，

搭了解放的快船，隨又陷入南下鄉幹部
更淫蕩的被窩。如果，你哭泣，崩著臉，
便有武裝工作組會勸慰你要聽黨的話嘞，
要穿寬大的粗布鞋，跟青春的暖流一致。

課堂裡的本地杜鵑，臆造出許多名稱，
首要任務是解放「豬堅強」和「牛前進」，
然後，大家才能在廣闊的天地催耕，
才能讓那些乜斜的寬臉習慣新的爐灶。

整個社會毛茸茸地在進行劇烈的換骨遊戲，
星星爭取到了嫵媚，天空則變得異常沉悶，
一切高尚的事業，都將化作無限春光乍泄，
喜悅的小鳥們，也都相互作了明媚的鴛侶。

異口同聲地說：枯槁的舊社會──舊社會
就總是憔悴的，蒼白的，這點，不用擔心。
床笫間滾動的乍雷呢？還有紙窗上的松樹
和工筆細畫呢？難道這一切，都不及那條

無淚可掬的小溪嗎，也不及女子的空搔首，
或新生活裡的嫵媚與動搖？或許，靠政治，
你就能準確地抓住幸福的隊伍，輕而易舉
就能從哆嗦的狐魅逃脫。你出奇的樸素，

穿了艱苦的棉襖，與上司再喝上兩盅，
便開始要長辮子，要破棉褲藏的慾望
和收緊的乳房，要控訴過去那些俊美的
佔有者，讓偽善的時間變得更溫柔順從。

悲苦重複的芳年，誰能與共？技藝，
驚人的愛的技藝，又要熬到什麼年頭？

空中的鴿子水裡的魚，就像口袋揣著的
一只爛疙瘩，十七八的閨女倘若不勞動，

便會成反動的大叫驢。所以，你只要
打幾個響指，模仿一點優雅，便能戴上
大紅花，在磨子裡娶一個荒涼的媳婦，
檢查女子初夜有無猩紅，若沒有，便撒些

紅墨水和細鹽，唬弄城鄉間的春風明月，
品味低下，沒準你還能成為歌手或模範。
風流倜儻，散儒揮動袖子，悄悄垂下夜幕，
或還能勾得一線希望，勾得三春的油燈。

1992寫，2004年修訂

枯魚

你能想像一條枯燥的魚要透徹地鑲嵌水中，
而且，還強作歡顏，拉開半月形的霸王弓，
波光粼粼，還要優雅地游回至信用市場，
鼓囊囊地在臉上塗漆，很像我看見的那些
剛出土的戰國簡，那些被犁頭封死的鼻子。

（到處都是防腐劑，聞一聞便知是樹膠）

還未壯大的時候，他們不停地搔腦殼，
揪骯髒的頭髮，彷彿有一隻艱苦的蝨子。
不停地給人寫獻詩，翻臉就潑糞說那傢伙
是個「叛徒」——「告密者，我的告密者」。
那時，他們還沒有成功的徽記，但的確
有一些「祕密」——比如，騎車從早到晚，
去見不同的人，像趕場，拿這邊的事糧那邊，
（造反派風格，還隨時學著，還貓抓急）
大量的寫手，相互抄襲，抓住幾本詩箋，
飛快地撮合眾辭，像農民用稀泥巴糊腿，

更多人像水滸裡的「神行太保」或宋哥哥。
追著一封「坦白信」四處混吃騷說，烏鴉
黑眼圈眨巴，瞄龍跟鳳，後來又安了枚銅錢，
無病呻吟，滑稽還一吐塊壘——以為這樣，

就能在詩歌老鴉撲閃的樹頭有一席之地，
就能遊出蛤蟆富裕的月姿，兩指扮兔耳朵。
他們究竟是些什麼貨色，黑黢黢的，相互
掬在手上，端著老臉登臺，穿金戴鱗，
感傷的「敗家子」，或輕浮的授權人？

而且，他們還愛哭，兩眼潮紅，像漏水的
小酒吧，在暮色裡透迤著。很無聊地鼓起
腮幫子，嘈雜。趟水過河，又不想濕了
衣裳，棄甲複來，盡說謊話，謊話──
跟浣衣婦的棒子一樣，又甜，又粗。
在來去無蹤的集市上戲弄人生、投機。

跟在文字的屁股後面，拉出一道弧線
和晝夜翻騰的尺素書。南邊一條魚
在粗糙地遊說，口沫飛濺，北邊，
一條魚則很擔心外省這邊風吹草動，
其實，又都是棍下的破衣裳和紡織娘，

嘰嘰咕咕，害怕什麼就捧什麼為神仙：
比如，肥胖症晃眼灑脫多餘的神經元，
一杯單調的酒，封鎖性器官晝夜救急。
他們不再種田，於是，變成自己的筆桿子。

光生生的，像毛驢，用遲鈍的刀片刮過。
早晨起來，一天發筆小財，又傷了幾個夥伴。
朝上翻白的死眼珠，在紙上瀟灑地爬空格子。

枯魚要過河，遇上了狂風好害怕，好害怕，
一人一只枕頭套，快蒙住乾渴的結巴子，
誰叫你快速鑽營成了農業的老古董和工業
的廢料。誰讓你手段欺詐，而且假意恭維。

1992

塞留古 [1]

塞留古踢著一塊石頭。
纖小的腳丫，褐色的馬。
塞留古，以色列人？上帝的
絆腳石。塞留古，塞留古。

歐羅巴的小夜曲，
亞細亞的王冠。
塞留古，像個水手，
擷月亮的水手。

割麥子，吹短笛，
在巴比倫路上。
跟魚說說話：
「亞歷山大，死吧。」

塞留古，一只金色的籠子，
好比微風瑟瑟的蘆葦。
塞留古，那就是聖火！
耕者碰過的火鐮。

---

[1] 塞留古（Seleucus）塞琉西王朝和亞細亞塞琉西帝國的締造者。曾作為亞歷山大部將參加征服波斯的戰爭。西元前326年還率馬其頓步兵進攻印度王波羅斯。

哭泣者，哭他的所愛，
蜜蜂的小骷髏；
漫遊者，信步風中，
嚐了嚐橄欖；

身無長物者，向神
乞討一柄劍和影子，
向馬訴說空虛，
向死亡討計謀。

塞留古長著兩隻綠眼，
像狼一樣。塞留古
沒有鬍鬚，像克羅狄[1]，
在東方蕩，在西方遊。

塞留古嘴上泛著威尼斯白沫，
塞留古手上全是蝴蝶草，
塞留古耳朵裡有架七弦琴，
塞留古哼的是一朵薔薇。

---

[1]　克羅狄是羅馬貴族，曾和凱撒的第二個妻子龐培婭戀愛。據說他沒有鬍子，
便化裝成婦女，進入凱撒的屋子，但他失去了嚮導，別人因他的聲音識破了
他，不得不慌張逃跑。

塞留古踢著一塊石頭，
只需上路，然後哭。
塞留古踢著一個假聖人，
然後，變成水裡的錨。

1992

石崇[1]

且免宮中斬美人[2]

我枕著迷人的石臂，不是要獲得詩的力量，
而是為了瞧準個黑影進入上世紀的柱廊，
那兒有不少靈魂在出殯，那兒也不需要我。
我看見無數老叟在吃草的樹下把歲月清點，
他們像瞎子一樣迷茫、摀著耳朵，是怕看到
月兒的尖角，還是怕聽到黎明的破甕聲？

甜石榴在空氣中爆裂，文人、武士和匪幫，
有時還真難以分辨，紅色春袍轉瞬即潤柳。
一輩子聲色犬馬，不知費了多少南方熟鐵。
凝視一條魚，魚無可奈何！盯住一隻雞公，
雞公打嗝，不知多少破衣衫被豬用來取暖。

你思考一根鐵絲的誕生，或一個玉門的窮人，
他確實改變了無石油的現狀，但又怎樣呢？
金水橋上或還是那個抱拳的韓爺，河邊徜徉的
還是石公子，一成不變，埋骨成灰，恨未消。
寒風裡幾隻烏鴉惡狠狠商量蜜蜂如何爬梯子，
爛籮筐卻載著憂傷的狐狸黨和反常的時代。

---

[1] 石崇，晉代人，字季倫，以奢靡和殘酷聞名。據說他宴請賓客，讓美人行
   酒，如果客人不能飲盡，就殺掉行酒的美人。
[2] 引李商隱〈南山趙行軍新詩盛稱遊宴之洽因寄一絕〉。

至於目擊者，什麼也未碰觸，啥事也沒證明，
螞蟻毫無憐憫地盯著他們，愉快地胡作非為，
天庭裡下了陣蝦雨，接著，又下了一陣石雨。
雅人若只偏愛頹唐也罷，婦女養肥了蠱子進步。
但他們卻以為命裡註定要把生鏽的銅來承擔。
還要把時代拖入更為刺耳，也更糊塗的不幸。

頑固的泥潭托著可怕的宮殿，不停地殺人浪費。
巨大的水壩在火裡游泳，貪杯的酒鬼灌著黃湯！
綁在共和國數代人的恥辱柱上，而且每嗜一觴，
斬殺三千，用荷花下達死亡命令。文人研墨說：
喲，這狂草，這慢性醫院裡的饅頭真藏有血禪。

混帳們全綁在一根棍子上前進，萬世流芳的
美學，晃眼就過，無非先說服，將自我麻痺。
然後，翻出小帳本，錄製語音雜亂的人生感悟，
老了睫毛，拈花唱和，一開始就沒養成好習慣，
又學會了沒良心，還用詩箋模仿那古老的悲傷，
像旱鴨子在黃銅裡咕咕冒泡。公子還允許強人
在肉裡印製貨幣，印製沒常識的幼蟲和未來學。

1992寫，1997修改

命運

花花公雞夾牆過，妹子要渡河，船塢上，
卻還沒尋著幾條好漢，月兒已開始遠斜，
清輝密葉灑了一地，夢魘整整鋪了一床。
舊時代的一切已宣告結束，未盡的看法

也早湮滅無聞。但突然，今天大家又都說
還是陝西家鄉那邊的手工醋好，那邊的繡花鞋
曾如何敞了女人的大腳，晉祠菩薩儘管破身
又如何靈……冬季的雪，黑棉襖裡抄著的手，
在潼關看得還是鬥雞，看得還是鍋裡的羊雜湯，
西北方德國人修的鐵橋還沒有壞，還繼續供應
零件……而那些南下的陝西幹部，卻爭先恐後
到這邊來破了風水，還引俄國來搞水電大壩。

一說建設，其實，也就是革命的「後遺症」，
發揮極致，大家骨子裡感覺的就是「苦命」活，
就是反反覆覆小鳥依人，淒風苦雨非乘那花船，
嘰嘰咕咕，暗自唱的還是一曲夜銷魂或過秦樓。

今朝皇帝換了人，換了座位，而一把銅鎖隔住的
依然是春光和眼睫毛，太監奉獻的還是美女子，
雖捂著語言將時光切割──說要刪去封建，但，

農民遊行過去了一定是工人，工人方塊過去了
接著一定是軍人──啊，武弁！接著又是一群

時髦的斜肩膀或歪歪嘴，不確定的童子壓歲錢。
都有窮人的憤怒，堅持在柔軟兵器間再度爆發。
砍頭、喝酒，殺人，然後花容月貌，白茫茫的
痛苦和嚴肅的印花稅，誰都無法彎腰表示恭敬。

1992

匪酋之歌

順風順水順天道[1]

哎呀呀，你們自己打破了頭，
像隻火雞，就為了作個上等人。
上等人欠了死囚的錢，空虛地
綁過一票，錢作祟來，金為堂，

一枕美夢現出妖冶的女郎，
戴琺瑯手鐲，過河還哼淫曲，
楊柳快馬，石頭腦袋春黃粱。
中等人，莫管事，下等人，四海兄弟，

對著酒盅月亮拍了拍胸膛，
一口黃酒噴出癲癲的順口溜，
還搬來白朗的行頭。莫弄疼了他[2]，
登上城牆的人，花碗做了龍床。

洪門的兄弟們，吳廣攥著雙鞭，
打倒了多少土霸王，鏟了幾座衙門。

---

[1] 舊時對聯中的句子，全文：「順風順水順天道，福得福祿福公侯」，見蕭一
山編的《近代秘密社會史料》。
[2] 白朗是二十世紀初，活躍在河南一帶的農民領袖，為袁世凱所殺。

青幫的義友們，與棍子和刀為伍，
莫要太耿直，否則要餓餒路旁，

也不要卑躬屈膝，那會更瞎更糟。
官僚們雖然會賞你一口飯吃，
但江東父老卻會咒死你。閻王爺呀，
他們一個個水做的，一個個泥搏的。

雖然，有的人又當官來又作匪，
扣了民主的高帽，披了民生的偽裝，
但他們卻不會唱我們會唱的歌：
「直如弦，死路邊。曲如鉤，反封侯。」

一溜溜的烏鴉，一圈圈的草場。
匪徒在樹林過夜，狗吠人打顫。
閻王吊死個皇帝，掀翻了個富家女。
告訴百姓：男人要闖，女人要浪。

一陣雷走過一個血氣的少年郎，
一片雲躲過了山東的匪徒，
寂靜的河邊可曾有次告別，
最狠的匪酋，摘了朵玉簪花。

小麥青青大麥枯，誰當獲者婦與姑，
即興的愛戀，權當作二十世紀一出戲。
都只因人間好苦悶，只因還有人腰間懸著鼓，
要敲給下等人聽聽，敲給良心聽聽。

都來充充浪子，風裡雨裡，
都來做條好漢，替天行道；
淡妝的女子要蠻悍一回，
群氓卻把皇帝拖下了馬。

朽弓射的東牆，那嚇壞了的周郎。
難怪有人在河邊說：「曲有誤，周郎顧。」
一張紙，兩張紙，容量小兒作天子。
這說的是可是宋哥哥，老百姓盼的及時雨？

一個革命囚徒，紅色大匪徒，
總要用鈍刀砍幾個惡棍的腦瓜子，
要以龍泉劍討江山，還要殺敵數萬千，
有忠有義刀下過，不仁不義劍下亡。

體弱的要先學巴枯寧[1]，到法國奧地利流亡，
當個風流的普魯士人，作個政治的俠客。
他們必須生一臉關公的美髯，
寫得一手無政府主義的鳥書狂草。

都得說官僚好陰毒啊，民間又多疾苦，
人民應該舞些拳棒，把那些紅毛趕走，
把韃子殺絕。激進分子的密謀，租界的保護傘，
捉幾個皇親國戚，或用土彈轟炸封建主義。

也有的匪酋像傅立葉那樣抱著裸體幻想[2]，
有的匪酋要把皇帝改良成軍艦和渦輪機；
另一些坐鎮山頭，把草寇組織成地方武裝，
等著更大的匪酋來收編，或等著人民論功行賞。

只有匪徒才請文明的書生講天理，
只有匪徒才爛醉如泥地團結過；
吼住幾個鄉紳，拖出去幾個惡霸，
讓太富裕的捐款，調劑龐大的人口帝國！

---

[1]　米・亞歷山大羅維奇・巴枯寧，俄國無政府主義者。
[2]　傅立葉，法國空想社會主義創始人之一。

他們以均平富吆喝過人的尊嚴，
以放火恐嚇那些傳教士，唯靈論者。
烏鴉一樣飛到城裡，飛到載糧秣的船上，
飛到老皇帝鍍金的座椅背上，

告訴一個領袖奸臣的酒有毒，
告訴吃魚的大臣魚腹裡有劍，
告訴奇貨可居者洋人的把戲，
告訴我人民莫小偷小摸作賊！

1993

查理軼事 1

呀，鐵，倒楣的鐵！ 2

查理，持械的王侯，
查理是個世界主義者。
光榮啊，查理，偉大的
查理，在波希米亞，
或法蘭克的古堡中，
在遲鈍的鏡子裡，

觀察到世界的一切。
像只沒五臟的小鳥，
通過上帝的分工，
再通過薩克森人、北歐人
用血淬煉過的劍，

征服了丹麥人，斯拉夫人，
阿瓦爾人，蒙古人，
還有個獨辮侯爵，
泥變的黃種人，
麥殼變的純種馬。

---

1 查理大帝（Charles the Great）是歐洲中世紀歷史的有名人物，是法蘭
　克國家加洛林王朝的第二代君王。
2 引自聖高爾僧侶的《查理大帝傳》第2卷。

查理也要跟他們玩玩，

像手上戴的一只金鐲子，

在所有人身上烙下野蠻的徽記。

馬刀在頭盔上鏗鏗地砍[1]，

查理又發動了戰爭。

他有冷凍的武器庫：

披著銀鞍的飛馬，

乳峰上顫抖的金罩，

華麗的絲綢服裝，

技術之神，大神。

西班牙貴族的顯赫，

石灰岩上修道院的寧靜，

日耳曼人的狡猾，至尊，

黃種人的慢速度和謙卑，

他彷彿都與生具有，

就像葡萄園定時策劃的陰謀[2]。

查理喜歡講異族的語言，

喜歡讓美婦人圍住他嗚咽，

---

[1]　引自蘇聯史詩《伊戈爾遠征記》。

[2]　在查理之前，法蘭克人部分使用拉丁語命名各個月份，查理後來用自己國家
　　的語言命名，其中十月份叫「葡萄收穫月」。

讓她們纖小的手餵他，
像波斯地毯那樣響亮的橄欖。
查理最喜歡的還是黑鐵呀！
比馬蹄更清脆的硬鐵，純鐵，
用它打造的肺活量就是統治之神。

查理騎在鐵帚上，
在空中吞雲吐霧：
「婦人們，小小的
金屬扣子，
該讓敵人的月亮流淚了！」

連惡梟聽了這話也聞風喪膽，
深怕它們的翅膀因碰上他的聲音
而變成僵硬的鐵塊，為之生銹。
這些凹凸的胸脯，這些肉喇！
沒有技術培植的蒙古人，
狼的後裔，患了鼻竇炎的珠貝，
像鉛灰色的烏鴉一樣，
被毀滅的痛苦吞噬。

世界的生存就像一場狩獵，
誰先佔有鐵，誰就成為查理王，

誰就會講究戰爭的形式，

就會逼人就範，讓窮人受苦，

但窮人卻會永遠跟在中產階級後面，

揮動他們的旗子，鐵勺。

世界的耕者是黑皮膚、

黃皮膚或棕黑色的皮爾斯[1]，

是被贖金持續審判的農夫，

割食珍禽的第三世界的農夫們，

但不會是查理，不是羅馬人，

高盧人，希臘人，不是查理；

是用脆弱的橡樹、灰土和松林圍住的

九圈聖土[2]，而不是隱蔽的天國，

向持械者敞開的天國。

一當查理戴上他的金冠，

太陽便將整個世界照耀，

因為他是開闢新鐵器時代的人，

是專心用火的人，他坐在鐵錐上

也不會被刺痛，戳穿，或燒灼。

---

[1] 皮爾斯是古英語詩歌《耕者皮爾斯》（Piers Plowman）裡的人物名字。

[2] 在中世紀，歐洲人認為匈奴人的土地有九道圈子環繞著，圈子是用樹木、石頭和土構成的。

查理曾嘲笑一個買老鼠的聖徒[1]，

耗費大把的銀子，買外國的稀奇和

整個國家的空前貧血，

（這使我想到慈禧太后，

她的長指甲有沒有讓帝國的

兵艦像玩具沉沒在中國海？）

這可不是農夫的性格。

查理握著牧杖，而窮人們

握著石頭，鐵錘，鑿子。

銅鐵的鑄造者，他們喜歡

偷工減料，省略了一個國家

必不可少的哲學和煉金術，

而把一口大鐘敲得像紙糊的燈籠，

結果，他們被這盞燈砸成肉餅，

一道影子欺近那灰撲撲的頭頂，

沒人看出這就是查理！

只有查理才能看見他自己，

鐵的陰影，純鐵的陰影，

1　查理聽說一個主教很世俗，就讓一個猶太商人不拘形式捉弄這個主教。這個
　　商人，在一隻普通老鼠的體內填滿各種香料，哄騙主教，使他出了相當高的
　　價錢買去，然後查理又公開地嘲笑他。

肉裡鏽紅的盾牌，血的宇宙，

啊，查理來了，戴著他的鐵手套。

1993

耳人[1]

「事雖行不通，可知你並不瞭解我，認輸算
了，我本身就是個耿直而無法忍受什麼的人，
又多有蹇澀，只是偶而與你相識而已。」[2]

蹦呀蹦呀，小矮人，
耳朵觸耳朵，你
聽見什麼，細葉梨麼，
還是吼鬧的魚？

你鑽到皇帝的夢中，
還是我的身子裡？
在誰的耳膜上哭呢？
在哪一片水中游著？
小矮人，著紅衣，
小矮人，念咒語。

是婚嫁的，
還是亡國的？

---

[1] 這首詩的靈感來自蒲松齡的一篇小說〈耳中人〉，還有就是生活中常常發生這樣的事情，本來都是微言之物，但因為不平常的心理掛了耳朵，便生出種種的誤會，也就有了山巨源一類。

[2] 譯自嵇康的〈與山巨源絕交書〉，原文：「事雖不行，知足下故不知之。足下傍通，多可而少怪：吾直性狹中，多所不堪，偶與足下相知耳。」

社鼓，紙馬。
小矮人，小矮人，
在誰眼裡祀雨？
金枝葉，紫葉梅，
蓬萊的杏子，
我打坐的柳樹。

小矮人不怕梟首，
小矮人沒有頭：
小矮人也不怕愛情，
他沒有胡桃一樣
亂蹦亂跳的心。

小矮人最怕的是
文字獄，是皇帝的
香爐，漂亮的緞子，
小書生們的投壺。

獎你一條小白腿，
奏你一個金帛，
然後再揭你的羊裘，
砍你的頭，銅鏡子，

玉蟾蜍，在棺材裡，
再為小小的死亡封侯。

小矮人，手捉鸞刀，
鼻子一股膻腥，
像個吃葷的釣叟，
更像沒魂的石頭。

哄呀哄呀，小矮人，
讓我飲一盅菊花酒吧，
讓我嘗嘗宮中樂事：
如夢的鮫魚，比荔枝
還甜的玫瑰乳頭，
簾子後吹的空管，
絹紙上寫的星斗。

就為了和你弈弈棋，
你抖出了我的祕密，
你像密探一樣盯我的五臟，
而我只是你的風簾，
你也只是我的畫屏。

小矮人，一錠金子，
小矮人，一把鏽弓。
呼吸的靈丹妙藥，
死亡的內部技倆。

1993年

與阮籍對刺

大人先生，來，亮出你的劍刺，招數，
某些可怕的習俗，只有劍能防範！
那道慷慨的光像一莖玉米，
輕輕一遙，我便跨上九野；

你只要嚷一聲，一根血喉嚨，
我便眼量無限，披發於巨海。
暗讓小鳥幾分吧，先撲騰幾尺，
又有何區別，或再斷幾枝小枝？

莫真正抵禦我的顫抖和殘忍，
隱回松林中，登高而有所思。
兩只袖籠扇起陣陣無聊，
鬼神們在風景裡獨坐高堂，

那可是你英姿的另一闕啊！
於是我知道了背叛，知道了
你不為美色所動，一架老牛車，
把精研的劍法載到路的盡頭。

大人，你那支桑柘木做的弓，
可不可以祛掉玉成的無聊，

它籠罩過你的美髯，你的哀慟，
一只白眼烈日，一只青眼豆火。

我想隨你拾回那柄象牙鸞刀，
學學鳳鳴。道人，步兵，大人，
無奈歌舞已去，慾火忽暗，
大家都在擊刺時變為土灰，

恍惚曾修容一番。大人，先生，
咱倆在一面石鏡裡重扮逝者，
力克聖徒所犯的無聊的疾病，
來呀，來呀，我們相互劃破手掌！

1993

爾雅，釋君子於役

風兒吹呀，吹跑了單騎
有個農夫，有個王子
必須狠心地和一棵樹告別
跨上黑馬，金子的頭盔
驢哥兒，驢哥兒，走呀
到狂沙裡兜兜風

卒子　快說呀，風兒
　　　對這些性子暴烈的人
快來呀，號召這些
習慣於揭竿而起的人
還鄉病已成為我們的疾病

薛仁貴　（號角聲）瞧，一群魔鬼：
忽必烈要打入中原
要奪妻子，要吃聖人
摩利支那廝要過江
異教徒的語言要改造
我們豐饒的生活……

風兒吹呀，幾顆沒牙的頭骨
人民吃緊，餵肥的馬兒吃緊
美女還在後庭陪著皇帝

卒子　皇帝腦兒，我操你媽！
一顆頭掛進了竹籠
一粒米大的牙齒
一具活剮的肉身
那告示上的是我的兄弟呀

風兒吹掉了將軍的扣子
玉門的柳又將他縫好
濯足的水喲，也沖沒愛情
只有小墳場和高麗王

高麗王　哇，這就是漢族呀
把一罐蜜和月兒混淆
尚武的鞍囊，孤零零的死亡
帝國總是用農夫的血作王子

風兒吹滅了燈籠
將軍呀，度了陰山
過了集安，卻把儂心刺破

花旦　還要不要生育呀？

1993

雨鳥

天將下雨，商羊起舞。

今年，天沒降雨，種地的渴了。
（湖北傳言乾得來見底，綠葉焦灼）
農夫靠天活，豐年要廣泛靠犁頭，
山大王也就一定要給人民許諾，
逼仄得拿出天大的本事下雨。

他戴丘字形帽子，開始燒香叩頭祈禱，
發明瞭人造風速，倡導即興的後工業。
他哭，以淚洗面，以為這樣，就能
讓天老爺遂願，至於流氓，只要一吃飽，

兜裡有幾個小銅錢，能駕車，玩酷，
能出遊世界，能調情，唐突，侃大山，
訛人無約束，與「自由」恍若相似，
江山就安全了。甚至不惜反縛下跪，

（商朝就已有人在桑林裡幹過）

反正是為了自己下跪。他哭，抹淚，
還未飛攏的雨鳥反過來也朝他哭泣。

農夫飢餓，小知貧乏，就到廟裡叩頭。
被貪空的倉廩，拿什麼湊數？唯一的

辦法就是向後推延，太極轉身，很穩，
不會出「動亂」一類問題。留出時間，
（臭老九也學會了分裂好幾個空間）
晴空萬里，一切妥當，若風雨驟起，

也早有了退路，無非謝幕，去享受
美利堅戶口。若亂了，便去敲山裡的
木魚。便用石頭，去罍所占的貨圍。
石頭也哭，裂開，卻不帶一滴甘霖。

大地還是火一樣燥熱，千百年未變，
因為已沒可分泌的東西。以為夫子
可以救國，以為紐約廣告可以治旱，
或以為假裝的慈善，可像商朝振興。

於是，問下人，這隻鳥為啥又不飛。
它或只是在鏡子裡作把竿練習，你
看見的是倒影，跳的還是洋芭蕾，但，
是獨腳鳥，於雕樑畫棟吐山民的舌頭。

它的口水，又濃又綢，領袖卻未看見。
他大概在想，感動的淚水，怎樣才能
滔滔不絕？而秀才，詮釋一類，卻也
附會著分了一勺羹，而且，還領雙份。

所以，也夥著說這天氣未必再需要
意識形態的氈子，只需涕零，然後，
各取樂子，然後，一道把帝國送進
餐盤。滿天下的「仁波切」（在雲南，

我還遇到過一個偵察排長變的活佛）
在酒肆茶坊祝福著，大師駕鶴，群臣
為富不仁，頻繁閃現，演的都是毫無
裨益的獨腳戲，百姓還是口碑泗水。

滿臺階的表彰，收斂在狡點的黑影中，
不怕死的卻說，我們可以動員四億人，
來滅可能的壞天氣。鸚鵡說，我們已是
共和國突破籠子的「第三代」，單腿漢子。

1994寫，2004年修改

珂丁諾夫 [1]

「你們需要什麼，先生？」[2]

看來，「照片和本人很難相像」。「是的」，
尤其當一群人，骨骼相仿，吊兒郎當走著，
又是無神論，你就更別指望街道能有多奇特，
無事忙的快嘴，還能準確將飛行的生理吹噓，
都有一個以為別人看不出來的涅槃，頗像我在
土耳其觀賞的旋轉舞，帽子，臉，都差不多。

---

[1] 這首詩，寫於上世紀90年代，十年過去了，今日自己重新讀來，便覺得有
許多未盡人意處，幾乎重寫了一道，但敘述方法（二重敘述）基本認知，仍
在舊作的框架內，增添了許多現實的新內容，甚至最新的見聞，這見聞，恰
好是今年餘在東北漫遊時發生，短期出境遊北朝鮮後，又從牡丹江綏芬河往
海參崴，想接近前俄國詩人奧西普‧曼德爾斯塔姆最後亡於集中營的地點。
餘在《旁觀者》中敘及，我離奧‧曼最近的地方原在佳木斯北大荒和鏡泊
湖，此次，又推至符拉迪沃斯托克。這片土地，原本屬中國，唐歸屬古渤海
國，於1858年被清政府通過〈璦琿條約〉割讓予沙俄帝國共管，直到2001
年，重勘兩國邊界，由江澤民簽署協議，正式將40萬平方公里的國土劃給
俄羅斯。所以，從某種角度講，偉大詩人奧‧曼悲慘的命運是結束在中國
的。再遊北土，又觀今日，國祚盛衰，式微，疆外振旅聲濃，國內反貪魚死
網破，文藝自娛自樂，玩得開心，百姓隨波逐流，終不見絲毫曙光，其情糾
葛，甚是複雜，一一借題並敘。珂丁諾夫是陀思妥耶夫斯基小說《女房東》
中的人物，是都市主義文化中的類型化人物，消極，孤獨而病態，先麻木不
仁，隨之又過度敏感，遊手好閒，而且，還感觸良多，為每日的新印象所吞
噬，正像小說中所寫的：「最初，他對自己的周圍環境的事情毫不關心，也
毫不在意，沒有多久，他卻留心起來，後來，他便以很大的好奇心來觀察他
的周遭……現實開始重壓著他，在他內心激起無意識的恐懼。他開始厭倦新
觀念和新印象的充塞，像一個病人第一次快樂地從病床上起來，而被騷動在
他周圍的人群的動作，吵鬧，雜亂，和生活的旋轉等等弄得來暈眩而且精疲
力竭。他感到沮喪和不幸，他對自己的整個的生活，工作，甚至前途充滿
了恐怖。一個新的觀念摧毀了他的安寧。他突然發生了一個意念：他整個生
命已經孤獨了」（叔夜譯，文光書店，1950年版）。
[2] 引自《女房東》，第1部，60頁。

你也可買頂扣在塔上，捂住東方散髮的臭氣，
你得穿裙子玩易裝癖，暴露出埃及的肚臍眼，
才能跳，能跳多高，輕佻否，還是個未知數。
沒見綏芬河過境樓越累越高[1]，劃出大片土地[2]，
符拉迪沃斯托克，黑黝黝的，我們說「歪」[3]，
卻還瞧不起俄羅斯。但有個倔老頭，為了崇拜

「普庚」[4]，為了一個沒脾氣的民族，抱病出遊，
結果，死在了西伯利亞火車上。此代價，偶然看
很小，就像被列寧、高爾基一筆勾銷的長褲子——
曼德爾斯塔姆不需要褲子[5]。珂丁諾夫也不需要
囉嗦的房東。我們，矮戳戳的南蠻，也無需肌肉。

（更不需要多黨制的牛頭馬面，吵鬧還會更劇烈，
全世界都懂中國的洋盤貨，一買即成「漢語角」。

---

[1] 黑龍江邊境口岸，與俄羅斯接壤，是往海參崴的黃金通道。
[2] 指2001年中俄重勘邊界，由江氏簽署劃出國土事，多年來，此事一直爭議
很大。江氏何以如此，其緣由，民間傳說頗多，未得真相。
[3] 符拉迪沃斯托克，即中國稱的「海參崴」，1860年割讓後命名，俄語為
Владивосток，意即「鎮東府」，不乏列強侮辱義。海參崴的「崴」北人
讀wai，這裡故意用「歪」，蜀語「歪」，有「不地道」、「不正經」意。
[4] 這裡故意把俄羅斯現任總統普金，諧音至「普庚」，與後面的「普希康」暗
合，後者一般實際譯為「普希金」，民國譯音，多作「普希庚」。
[5] 娜傑日達·曼德爾斯塔姆回憶錄《被放棄的希望》，記錄了一個細節，當
他們第一次流放回到莫斯科時，向當時的作協申請衣服時，填有單子，高
爾基在審批時，劃掉了其中的褲子，並寫道：「曼德爾斯塔姆不需要褲
子」。

然後，一群偶蹄類，頭戴熊貓、兔絨搶購歐洲的
奢侈品。人口全球頂呱呱，排泄格律如遠激魚翅）

誰也不懼當「寶貝兒」[1]，可以不停地消耗猶大乖乖。
閱《聖經》、《春秋》，丹穴中或該有凌風的奇才？

我們有的是空氣的質量，有的是高懸電桿的耳朵，
也有的是牆頭草，風一吹，就成了1962年的澱粉。
模仿力真的驚人，豈止「套娃基地」[2]，還有哲學的
轉基因，還有裸體決鬥的「普希庚」和胖娃、牛虻，
喜歡臉頰緋紅、差點暈厥的不動產——先富的那幫人。

---

1 俄國作家契訶夫曾寫過短篇小說〈寶貝兒〉，故事講的是，一個八等文管的
女兒，先嫁了個劇團經理，結果暴死，便轉嫁木工廠經理，不久，也病故，
遂又嫁了個獸醫，結果獸醫又一去不返……總之，她嫁一個人，很快便會愛
上這個人所幹的一切。小說發表後，頗得大文豪托爾斯泰的青睞，視其為婦
女忠貞的品質，曾數次在文章敘及，但卻錯誤地理解了契訶夫的本意，前者
視「寶貝兒」為忠誠的象徵，後者，卻恰恰暗喻為「背叛」，至少是「盲
目」。對每一個人表示忠誠，便沒有真誠，崇拜每一種信仰，便沒有信仰。
問題關鍵，正像小說本身敘及的那樣：「頂糟糕的是，什麼見解她都沒有
了。她看見她周圍的東西，也明白那是些什麼東西，可是對那些東西沒法形
成自己的看法，不知道該說什麼好。沒有見解，那是多麼可怕！」（《寶貝
兒》，汝龍譯，契訶夫小說選集《三年集》，新文藝出版社，1958年）另
一篇小說〈在路上〉，契訶夫表達得更明確，也更深入：「……俄羅斯的生
活，無非是連綿不斷的一系列的信仰和入迷，至於不信仰，或者否定，那可
是連一丁點兒的這種氣質也沒有」。餘竊以為，這也正是吾國民性最明顯的
特徵之一。
2 乘大巴由牡丹江至綏芬河途中，見「套娃基地」廣告，固知「俄羅斯套娃」
有國產。

0
8
9

等著最後的破產，連這點，他們也有先見之明。
不信，翻翻四個口袋，究竟有多少黑戶頭出逃，
事後還領「免死牌」，冒犯了牧民幼稚的愛戴。
（注意，高雅的美國「特務」也是紅色武工隊，
他們最擅長的就是「文藝」、購買和鸚鵡學舌）
其父輩造的孽，現在，由共和國的金錢來償還，
而百姓受的苦，卻由揀剩角子補充，另有機會。
於是貧民文人鑽營、昇華，拼死擠入上流社會，
盯準每個要害步驟，遂變成首都文明的肘關節。

回首再看「外省」，真是神貴古昔，黷賤同時啊！
相傳的扁嘴鴨，已被鶴超越，后土或又債臺高築？

（鳳凰社最大的「祕密」就是未來的全景社會，
就是精緻的利己主義，被自己的下三濫牽著走。
所以，我量視他們不曉鳳凰鼻子啥樣──搓鼻屎球。
他們當然不是「書呆子」，而是「果戈理」大街中的¹
「華爾街」，「文學精算師」，由近親關係孳乳
功名利祿，策反別人用過的「句子」，稀釋表皮，
模糊內核，盡情撒野、詭辯、造謠，散佈煙幕，
催人改良「脫北」²，從裡面蟲蛀，讓更多人

---

¹　哈爾濱市有「果戈理」大街。
²　一般指北朝鮮的叛逃者，此處借用「泛指」，或近似「意識形態的反叛者」

膚淺地琢磨時勢，就像文學會計，或返驕動物，
為了黑石油渴慕松遼平原[1]下變質的猛獁屍體——
他們當然非「書呆子」囉，而是適腳的「偽命題」。）

他們渴望的是像有錢人變成悉尼的一條街——
瘸子也確實做到了，用換裝的門頭溝將唐人揮霍。

我在靠近日本海悶熱的酒店裡看正方形的電視，
想拍下新聞裡普庚（黑帶的托爾斯泰）正規劃著
旅遊路線——克里姆林宮。但半途還沒來得及，
廣場舞大媽的「臉基尼」[2]和「紅蜘蛛腿」[3]就已
佔領了那裡。埃菲爾鐵塔，紅場，羅馬利亞，
華盛頓……，成了攝影時尚，破碎的「五行輪」，
散發傳單已過氣，比青春賣身還要快，還更驚人，
比出口的「孔子學院」和白話詩轉譯還更節省表情，
就差釣魚島和「海參歪」，就差一個嘔吐的永恆。

一類。

[1] 松遼平原，即東北平原，中國最大的平原，面積達35萬平方公里，地廣涉
遼寧、吉林、黑龍江和內蒙古。著名的「黑土」分佈區，地下儲油極豐。剛
陪夫人去大慶看望朋友，小住數日，故有此感。

[2] 北遊哈爾濱，碰巧見「廣場舞大媽」萬人比賽之盛，時逢又有媒體報導，中
國青島「廣場舞大媽」所製防曬頭套，不僅2012年入選《時代》，獲專用
英文名號Facekini，譯作「臉基尼」，後又為歐洲時尚攝影所採納，改頭
換面。

[3] 哈爾濱舉辦「廣場舞大媽」比賽，見有服裝最怪異者，即每個大媽腳穿紅色
鞋襪一體套靴，全身著迷彩服，頭戴船型軍帽，手戴白手套，令人瞠目。

還有沒有不被催眠、不被佔領、老來紅的地方？
痞子紛紛亮綠卡，就像唐老鴨人群裡亮生殖器。

我們遊耶路撒冷，「在耶路撒冷的城門前」[1]，
「黑太陽」變成了活得更恐怖的「黃太陽」[2]。
黃色，比「紅」更不吉，藝術色彩大師們卻說：
「這可是咱的好時光，笑若桃花，一定愛惜」。
黑高跟鞋（配上越來越多的金屬墜飾，過境
紛紛脫下檢查），還瞧不起以色列，總嫌沒見著
高樓。誰要去看「死海古卷」[3]，撿幾個小石頭[4]，
去苦路看有沒有東方的籮筐[5]……絕不會有人應和，
而一說要去特拉維夫買鑽石，個個激動得兩眼潮紅。

看來，城頭變換大王旗，詩歌宴大爹仍需要派對
說明文，需未曾滿足的好奇和外國商店裡的乖僻。

---

[1] 出自奧西普‧曼得爾斯塔姆1916年的一首詩，有諸多譯本，我在《旁觀者》中虛擬曼氏詩集時，曾請東颺從英文譯過，英文版本可能不同，覺得詩人王家新先生所譯層次最豐，即緊湊而又頗具神韻，見王家新《帶著來自塔露薩的書》42頁，作家出版社，2014年版。

[2] 指曼氏同一首詩裡的句子：「而黃色太陽更為可怖」。「黃色」在這裡深具別意。

[3] 遊以色列耶路撒冷時，曾參觀「死海古卷」博物館。「死海古卷」，指上世紀40年代，在死海附近山洞中不斷發現的《聖經》古卷碎片，材料為羊皮、蒲紙。我參觀時，此館僅陳列十頁。

[4] 這裡暗喻《聖經‧撒母耳記》所敘以色列人大衛，用小石頭擊敗歌利亞的故事。

[5] 「苦路」指耶穌被宣判後，頭戴荊冠，背十字架往各各地所經過的路程，分作許多段，一一標明，現含在耶路撒冷市區，作為參觀景點。

既需要熱騰騰的早餐，也需要「大列巴」的信譽[1]。
既然，普希庚也喝「格瓦斯」發酵飲料[2]，那些
呼蘭河邊的縣級「策劃師」[3]，也需在啤酒桶上
（在哈爾濱我看見有那麼一個）安裝一個活動的
裝置，這些低智商，上世紀巨人轉運營就很流行。

過去，要出人頭，必用臉色蒼白的姿勢表示寒酸，
本來，貧窮並不可怕，糟的是骨質缺鈣，又不識字，
於是喜歡變「音」，「海參威」讀作「海參歪」[4]。
「病人」讀「冰人」[5]，不是和不是讀「甭甭」[6]，
先生換成了「乾爹」[7]，「書呆子」搖身變機靈鬼。
珂丁諾夫，設計了一種入迷，箱子裡鋪好多的書，
書是咋個都跑不脫的，身分——「貴族」，冬獵過，
所以，也就知道如何欺近有價值的人，掌握分寸感，
誰可以不屑，誰絕不能得罪。還會即興朗讀外國詩，

---

[1]　「大列巴」為俄語的一種大麵包。在哈爾濱各商店都有賣，中央大街華梅西
　　餐廳的最為有名，每日都有人排隊購買，絡繹不絕。

[2]　「格瓦斯」（KBAC），俄國的一種發酵飲料，採用俄式大麵包、麥芽糖等
　　基礎原料發酵而成，1900年，隨著中東鐵路的修建，俄國商人把其製作工
　　藝帶入哈埠。

[3]　呼蘭河，在呼蘭縣，現劃為哈埠的一個區，是民國時期著名女作家蕭紅的
　　故鄉。

[4]　歪有二音，讀wai和wei。海參歪（wai），南人容易讀「威」（wei）。

[5]　均由陀思妥耶夫斯基小說中人物對話衍生。

[6]　美國作家愛倫坡有小說《甭甭》。

[7]　所謂「乾爹」，是流行於演藝界的一種稱呼，指女明星那些有政治背景的
　　後臺。

若需要，也可臨時抱佛腳，剩下的就是虛弱、貧血，
昏迷──婦人接手，佔有，一下就改變了生活質量……

一旦寂寞，比低劣的誘惑更珍貴，比黑影更狡猾，
所以，見了老頭和年輕婦人，一望氣，便知機會
來了，老頭「破了產」。趕快變成病貓，變成
溫柔鄉冷眼的「寶貝兒」[1]。「寶寶睡，寶貝乖」[2]。
現在，連這些「繞口令」也排不上用場。現在，
直接說你是一種什麼「勢力」，如何享受人生即可，
說在澳洲度假，往返紐約，在倫敦欣賞偉人墓塋，
在街頭重聚共和國第三代變形金剛，多數發體。
然後，通過「自由行」即可把貧乏的知識拖上床。
這一切又有何難？如今，只是人日趨世故，佯狂而
放肆，吃著異國的香榧，稍一引誘，便裝腔作勢，
大聲地咳嗽起來，剩餘快感，還相互喝得爛醉，
臉上閃著肺病的光輝，還膚淺以為自由得了佳釀。
下身癱瘓，錯誤理解人類的稀有資源，還真覺得
富庶，還苦心積慮，為黃種人準備了一種疾病──
由欺負下一代幼稚的心靈練膽，對神聖的一切，
無端地甩中指姆，事涉羞恥，鐵了心就要滿不在乎，

---

[1]　由第12節的「珂丁諾夫」至第13節的「寶貝兒」，均由小說《女房東》開
　　頭所敘情節演繹而出，或也即「入迷」的過程和設置。
[2]　語出奧‧曼詩句，與註釋15同。

以為一切皆瑣屑，除了巧取，成功，奢侈消費，

其他的都是「老土」。豬啊，必須堅強，牛啊牛，

也一定前進[1]，這遠比大地震動的良知還更切中

要害。恰好，靈感也剛繃緊了中產階級的寬臉。

請盯住這些深刻的人！一望便知，他們的破扣子

儘管滾在地上[2]，接近低成本的耗子洞，但上面，

卻有曖昧、燦爛的未來。知更鳥頻頻報導著他們

嘰嘰咕咕的「成功」，口語充塞洋涇浜，出洋擺闊，

很早，就在賺來的旮旯裡，慷慨預言未來自己的

「法貝爾演講」[3]，所以，也就爽快宣佈了「道德」

底線：「俺，也不留餘力，譴謫著官僚制度」，

俺，也捍衛「延安自由文藝」，知道基本「路線」。

「在巴黎，壞人打堆，脫不開身，也沒啥辦法」。

於是，黨小組開始安排協會，過陝北儉樸的生活，

付基本「稿費」，在「自然」的人民的路線上，

巧遇推薦人馬先生。無任何人工鑿痕，看似無意，

---

[1]　這裡暗用波德萊爾《惡之華·天鵝》裡一句詩的中譯本節奏：「水啊，你何
　　時才流？雷啊，你何時才響？」。

[2]　此句暗喻陀思妥耶夫斯基小說《窮人》中的一個細節。

[3]　法貝爾（Faber）為拉丁文譯音，意思是「有技術專長的人」瑞士小說家馬
　　克斯·弗裡斯（Max Frisch）曾有小說《能幹的法貝爾》（Homo Faber），
　　為餘喜愛。此處借用，即寓其本義，原用「諾貝爾演講」，諸詩人，八十
　　年代，曾玩過一種遊戲，各取預先寫有內容的紙團，若為「獲獎者」，便要
　　即興發言。因莫氏現已獲此獎，為免誤會，故借用法貝爾一詞，或因音近，
　　若確有譏諷，也或為苛責某種可能的風氣，不一定專指某人某事。

你唯一要做的，就是節慶擊缶，懸空操練平衡，
學習微笑和饒恕，江淮探碑，磨平過於高聳的顴骨，
對蚊子嗡嗡的小市民，絲毫未見不耐煩。雖偶而，
也討厭過於頻繁的交往，但也深知「窮人」的後腦勺，
已趨填平，哎喲哎喲的。當你翻身揉眼時，歲月已
飛奔而去。不妥協，所以，又咬緊牙關忍受下來，
幸又識得富人圈，矮子有勢力，就像碧綠的鵝卵石，
緊盯住河面的美人痣，巴結樹上的拖拉機和麻雀。

1994年寫，甲午年修改

紅鬍讚（一）

紅鬍子在房間裡快活地蹦達著，
跳來跳去的要改變這改變那，
並主張世界是個不具體的東西。
但當有人坐在那裡彈鋼琴的時候，
他卻固執地要把那些黑色的鍵拆掉，
還搞發明說那是些不準確的半音。

全都是青年風格，全都是畢卡索，
在盤子裡煨了條活潑亂跳的鯽魚，
吃了鰓和肉再用它的骨架做雕塑。
魚的藝術模型變得生動，擴展自由。
畫框裡紅鬍子打鼾作最低姿態的睡眠。

他出現在許多時代，許多地方：
憤怒地在擲石頭的熱血青年當中，
蠱惑地在信仰曾漫捲的沿海城市。
現在開始抽大麻，婦女抹指甲油。
經過遺忘的寂寞又反復念及紅鬍子，
就像在海龍王廟召喚垂死的消費者。

他在貧困的壕溝裡等著，
一個駝背的小男孩，
等著他癡癡地學會撒謊。

另一些黃皮膚的諜報、密碼，
想去俄羅斯根據地偷換不光彩的
檔案，但，最後紅鬍子開始反悔。

他們舉著火銃，抬著石炮，星球四散。
穿過厚土牆，揮鞭騎馬無鞍，晝伏夜行，
扮演不純的嬰兒，熱血沸騰。更多人
踩著紅鬍子遊行，挽著俊美的女紅鬍子
談青年卡爾・馬克思。然後，再剪掉紅鬍子
便拼命酗酒，新時代又一股腦熔進煉鋼爐，
嘴上粘了五穀雜糧。突然，有天紅鬍子
下江南遇見了亞洲版的白雪公主，手糅合，
鄉土氣又單純，乳房白得來像兩朵馬蹄蓮，
但，馬上你就會發現她的肚臍眼是紅的。

鄉村的麻鬍子們非常色情地圍攻她，
出身好的用七只鐵鑼，次之用銅鼓，
翻過黎明告狀，深入黑夜通姦宣判。
地富反壞右一類廢物被推來疊去，
審查後胡亂扔進大海，吃垃圾的魚
全變成紅的。半紅半黑的鬍子在夢中
突然被驚醒，搬搬牙齒，敲了敲腦殼，
還活著，於是鑽進書齋好像沒事一樣。

於是乎，開始朦朧地吃另一種革命糧食，
靠一些虛擬的數額把繁殖的基因全悶死，
終於描繪出首張世界紅鬍子聯合全勝圖。
歐洲聖徒們嚇得直抽搐，而過氣的夫子，
一聽臉變得刷白，不停念手裡的《論語》：
康斯坦丁羅維奇，蘇姍娜，張先生，密斯李……
大家都感染了紅鬍子，也不失為一種平等。
紅瑪瑙呀紫勳章，嘿，黑色櫃檯上，卻是顆
爛櫻桃，世上沒人睡得好，長得高，也沒人
一定會吃得香，就因為呀看見了紅鬍子。

1994

紅鬍讚（二）

誰看見了哈爾斯曼拍的[1]
薩爾瓦多，都想摸摸
那撮點了火的鬍子

往黑眉梢上直竄
鬍子和眉毛常混淆
而且鬍子高過了眉頭

一旦混淆，便會互揭瘡疤
就像花花公子跑進了螞蟻窩
而達利最討厭螞蟻（雖然

他畫過螞蟻），好像
只有生病的玉米棒
能使它們往上爬呀爬

生了鬍子嘛好撒謊
好莫名其妙地激動
也好遮掩一下過錯

---

[1] 哈爾斯曼（Phlipe Halsman），美國著名攝影家，拍過超現實主義畫家達利的鬍子。

但在未來希望的微光中
看不見他們修剪眉毛鬍子
只有破碎的偶像和貓咪鬍子

達利在裡面正襟危坐
他的鬍子呈中性
是舊時代的舶來品

還要一些歌劇用的鬍子
像巴黎的一張祕密地圖
要用外省的服裝來陪襯

塞尚的，阿波利奈爾的
腥紅色的，羅蜜歐的藍鬚
還有褐色白色混合色的

誰都撚著鬍鬚稱頌上帝
所以，也有上帝的
上帝的鬍子有點像尼采

是黃昏移動的一杯酒
像某個貴族戴的假髮
拔光了就是達利和尚

他每天要抹匈牙利鬚蠟
安裝鬍子，一覽風光
像童話裡面的樹根精

清晨他突然聽到列寧
在廣場一聲大叫（注意
列寧下頷長的是山羊鬍
他的衝鋒姿勢必須向前傾
手必須揮出去，聲嘶力竭）

暴動的群眾，才能紛紛湧向
理髮店，用鐮刀錘子
遲鈍地割遊手好閒者的鬍子

被割者也包括托洛茨基、布哈林
索爾仁尼琴、奧西普‧曼德爾斯塔姆
還有剛倒進浴盆不再呼吸的布羅茨基

所有人的嘴上都是行動的血
馬雅可夫斯基昏聵地抓住自己開槍
像義大利電影中的安達魯一隻狗

若要對付骨頭的話
狗的短髭非常時髦
接著史達林讓鬍子

上升為俄羅斯敏感的空氣
鬍子呼吸開始相互瞎攪和
很快西北利亞的野草瘋長

托洛茨基有亞歷山大式的
鬍子，過於書生，所以
先染紅墨西哥，接著又感染了

卡斯特羅和格瓦拉，叼古巴雪茄
若要繼續美洲革命，化妝潛逃，
就一定要剪去共產主義的鬍子

假護照，間諜要用鬍子
證人保護法要用鬍子
霍梅尼的信徒崇拜鬍子

地下的拉登更少不了鬍子
武士刀由於鬍子而更鋒利
中國人因為鬍子而更好色

有人開槍自殺了
為了一絡美髯
但他卻是鼠臉鬚

有人用刀片割斷喉嚨
因為鬍子思想太下流
它密謀刺殺救難的女人

也有人喜歡鬍子叢生
以掩護他在巴勒斯坦扔石頭的顴骨
掩護他從墨西哥竄至紐約吃生牛排

比賽鬍子長短的一代人
消失了，就像紅黨投的
石屑，白黨煮的雞蛋

達利躺在一堆軟積木上
達利在一盆傾覆的水中
或在一只折疊的懷錶裡

滴滴答答變形的紅鬍子
達利教唆不安分的鬍子素面朝天
給許多落伍者以時間之繩

他們吃了中國豬才長鬍子

但蒙拉麗莎沒有吃中國豬

但她卻長了鬍鬚，紅色的

維拉斯橇開肚臍上的抽屜

裡面裝著猶太人的鑽石剃鬍

耶路撒冷貧民式的偽古典

但，有一點，達利不喜歡邋遢

所以他不允許黑鬍子滴湯漏水

像吉普塞人那樣悲哀地隨車流浪

也不許紅鬍子樹上

爬滿了甲殼蟲樂隊

演奏印度sitar[1]

他們像幾只毛皮杯子

雖然也博學地蓄鬍子

但卻讓更多人頭髮脫落

---

[1] 印度的一種彈撥樂。

鬍子改變了一個舊時代
鬍子改變了一張舊面孔
而新面孔卻等著舊鬍子

1995

紅鬍讚（三）

一個和日常生活搏鬥的人不宜長鬍子。
一個吃鹽吞礦抖泥灰的人不宜長鬍子。
一個爬在樹上摸斧頭的人不宜長鬍子。

倔強的人，彎幹的人，配電工，嘴皮太硬，
會被北方軍閥用鬍子吊掛在鐵路上以示眾，
後面緊跟工潮，褐色煤煙裡裹著的赤眉、怒發。

浪漫的人不宜鬍子，他眼眶吹風，玳瑁眼鏡，
汽笛，大洋，歐洲輪船上的踏板，巴黎的掌故，
資產集團操縱的鐵業委員會，香水大王……

口誦玫瑰的人要在鳥籠和古裝戲裡扮演崔鶯鶯。
鄉勇武弁，不宜鬍子，因為要操各種火銃與刀，
刀沒有學問，但是可以割辮子，鬍子歸祖師爺。

刀佩東洋砍頭，掛自家腰間，也可以絕望自刎，
一門從雲縫砍殺出來的專業課，刀幣，斧頭黨，
鏡子喚醒紅蕤夢，還剩發誓不嫁的女子可剃度。

坐辦公室不宜鬍子，因為紙張筆墨，四季枯坐，
已大量消耗鬚眉，汗毛，鬢角，短髭。看破紅塵，
用舌頭和格言吞噬理想，外竄的喇嘛，時髦難辨。

往帽子裡塞閒聊的眉毛，也往嘴上貼青龍郵票，
給宮廷裡的某位太監寄出永無返回的鴛鴦書信。
太監是怎樣的一種人呢？他首先得拿腦袋擔保，

一個妃子不能受孕，即使有過一番蜂蝶之舞，
老佛爺每天要刮唇毛，用銅指甲摸西洋瓷器，
登臨龍床拿穩叛臣的頭和一只革新的鼻煙壺。

詢百姓安樂否？太監還得保障宮裡松樹長壽，
一個印度詩聖握過女性的手後音容笑貌不變，
一個莊士敦教的是努爾哈赤變了節的外國話。

鬍子還應該從以下這些事物消失：青瓷，烏紗帽，
搖風樹上祖宗的呼吸，絲綢裙襪，褲腳，繡花鞋，
風暴中極端的分娩，簾子，屏風，石頭，床榻……

這些都關係到婦人們在二十四個外省的形象。
變成泥鰍該誰負責呢？達爾文的猴子已預言了
新世紀，花旗袍去掉腿毛放燈花電影也很開心。

還有唱戲的鑼鼓，茶肆，青銅，刺繡，紅色暗語，
深居簡出者，割掉太陽臍帶的逸民，寫白話文，

引車賣漿，梳理脊椎骨，綁腿，齊步前進槍刺，
念日本德文、說印度英文，提倡博愛的曰夫子，

革命與嫵媚的領袖，騎馬闖天下的人，偽君子，
草深迷離。為此，有人寫了過境報告，寫了赤都心史，
寫了威尼斯，貢戈拉，康橋，但忘了寫火紅的鬍子，

鬍子都長到窮人的身上去了，一種魔術。

1995

魚眼鏡頭

把原本安全的靜物扭曲得變了形狀。
許多東西，因分裂尖叫還面部抽搐，
有的，迅速被黑暗之光喚醒，然後，
隨時匍匐，像蹲在樓角的一隻花貓
它憨巴的樣子，倒有點像是布勒松。[1]

城市裡被說服、釘死的人，日益消瘦，
但，還掙紮著，有話要向觀望的人訴說。
還有一只搭著李奧納多·達芬奇的
快弓，射向東方的碗──哈亞姆之星！[2]
通過《變形記》，我們才清晰看見一棵
蟄伏冬天的樹，一枚梵高畫爛的果子，
無數蛀蟲穴居裡面，像愛斯基摩爾人。
一個亞洲的染色體在水氹氹裡開始暈散。

印度的恒河，沉得很深，深不可測
但在這邊，卻只是高原的幾縷青煙，
膚淺而膝蓋裸露，要靠電視節目宣傳，
才能去轉山旅遊，才有外國人扛長焦距。

---

[1] 布勒松（Henri Cartier-Bresson），法國著名攝影家。
[2] 哈亞姆，即古波斯詩人奧馬爾·哈亞姆（Omar Khayyam），這裡暗指菲茨傑爾拉德英譯《柔巴依集》中第一首裡的句子：Awake! For Morning in the Bowl of Night/Has flung the Stone that puts the stars to Flight。

山底下的漢族瘦子，把笨重的石頭揣摩，
呼吸減緩，全被喇嘛逮著，風馳電掣。

在拉薩，那是大地遊動著的第三個天池，
是滑稽的溜冰場，要用小百貨感覺分裂的
信仰，等於是給羊的誤解發放低息貸款，
結果呢──仇恨的人種學全給放火燒掉，
像艾略特《荒原》所言：「我要在一捧灰裡
讓你看到恐懼」[1]。當我們遊過一扇門時
門框突然變得格外狹窄，你的黑眼睛，
越是往外凸出，泛白的世界彷彿就越小，
問題也越尖銳，或許，這就是倫勃朗或
斯賓諾莎的原理，你睜大眼球，因為
沒思考，你就必須帶著魚類的思考，
魚的生活方式，魚的遊獵，吞吐量，
魚一樣的扁形思維，以及魚溜滑的屬性，
那是銀灰色的而非亞里斯多德邏輯式的。
你得像個流浪漢，在垃圾堆上跳舞，
關門閉戶講末日傳說。桌面上的人影子
變得光亮、具體而更透明。古老的海菊花，
圖案經過神經質地放大後，成了風中的

---

[1] 指艾略特《荒原》第一章「死者葬儀」中的句子：I will show you
fear in a handful of dust。

頭顱，日損月蝕，像飄落滿洲的幾片殘雪。
人間有太多的不公平，要由魚兒來報復，
人卻不能，因為他很低級地在自身迴旋，
像螞蟻的非洲夢，朝著看不見的鼻子
展示其頭蓋骨。魔鬼也只能索然無味地
橫躺著吸煙，抱住和田料做的玉骷髏，
曾有過生命跡象，也曾通過穿顱術緩死。

或許，斯賓諾莎曾和我現在差不多，
關在老鼠奔跑的閣樓裡，有人讓他在
門檻上磨失聰的鏡片，好像是贖什麼罪，
對著明月消磨時光，辨認各種彎曲的臉，
有荷蘭式的，有日耳曼式的，希臘式的，
也有中國式的的辮子和陰陽頭，現在，
最時髦的又是消極享受和反叛的光頭，
在城市被纏繞或收斂後更像廢棄的空間。
孤獨的人，總是用魚眼看灰幕後一把掃帚，
黯淡的光線搭起戲臺，一頂帽子，一對乳房，
下頜光潔的人，行色匆匆被緩慢的旅程拽住。
這就是瞳孔籠罩的日常事物，眨眼越趨頻繁，
雖不像過去那樣舒適，但卻可改變視覺習慣，
只因時間在光學鏡片裡可產生多重變化，我們

通過腳燈樣的魚眼看到一些抽象事物，古怪
的電子系統，還有些魚和用魚眼思考的人。

1995

蝸牛慢行紀

cockled snails.[1]

蝸牛覺得自己起皺的鼻子很短，
但卻靈敏嗅出書卷蜿蜒的路程，
終將獲得珍貴的靜觀。一蹴而就
那是蚱蜢的遊戲，膚淺的勝利，

那種輕而易得外面的虛榮，
為懶鬼所愛。蝸牛一頁頁翻，
發現死板的替代物絕非偷情，
也不啻打坐籠子裡蟬鳴鳥飛。

我夢見兩隻犄角，雖嫌其小，
但卻能不分晝夜，和暴露在
地平線上的那些玩世不恭對抗，
它的眉毛折磨過許多名士風流，

它雖然讓我在恍惚的時間裡，
常不知所措，但卻反復叮嚀道：
水要過細地流淌，樹葉衰落時，
要從它們的反面注意蛙蛇呻吟。

---

[1] 出自莎士比亞《愛的徒勞》，第4幕，第3場，意即「起皺的蝸牛」。

掌握慢行原理，就掌握了時間。
由於地球中的礦物質紛呈凌亂，
我本難以容忍積澱、混雜，但，
在樹林見了蝸牛稀軟的痕跡後，

我便能忍受更沒有設計的黑暗，
並給自己留一個更荒涼的位置，
聽任潑皮們在外面一陣的瘋跑，
聽任蒼蠅像主教一樣布道撒謊。

讓模仿時代那些二流的翅膀，
去裁決昆蟲的狡猾，和瀕於
滅亡的仇恨吵鬧，而我卻回返
碑帖下似曾相識的龜趺之別。

南方確實正滋養著新一代公民，
可惜蝸牛耳朵很小，還分不清
是賢人的心聲，還是麻雀喧闐，
有許多失魂落魄的人混雜其中。

但，一摘眼罩便知是外國貨，
一杯清水也教會我暫時無語。

杜甫、哈菲慈都施展過銀色
痕跡，蜿蜒的寂寞所以發光。

它說浪漫主義，尤其是現代派
式的浪漫主義實在是語言酸腐，
毫無風格可言，只能滿足某些
退化的器官，餿飯中語無倫次。

它沒戴帽子，卻是無冕之王，
它輕鬆折磨人人稱頌的上帝。
它未著任何套裝鞋，卻能在
尖利的石堆行走，雖嫌其小。

它還能看見鳥兒無聲地墜落，
嗅出一杯千愁那銷魂的情緒，
讓無數更小的生命噴湧而出，
直到悄然無聲，或泯滅無痕。

蝸牛沒重量，卻知道自己的
肩膀猶如一個人卜居的天堂，
小蜜蜂怎樣在哭牆亮出眼睛，
囚徒們的世界何以這樣孤獨。

1996

乞
丐

你什麼時候看見雲雀八哥棲在一棵枯樹上？
不過樹幹可以做成小旅店的牌子和鬧市中
某個菜館的酒幌，招徠一些閒人或者食客，
口中稀里嘩啦的在線胖子，抓鬮還打響鼻，

鼾聲如雷。他們可以從民國的當鋪大洋，
吹到路易十四的伏爾泰；從拿破崙的一個
胖官，扯到紅樓夢賈府的那面勾魂鏡，
還有世界性的結構主義和奧斯威辛。

（誰說過：奧斯維辛後，寫詩是卑鄙的。）

一直就沒斷呷小酒，哼哼地問今天星期幾。
身體不適還深情眺望著那遙遠迷茫的彼岸，
其實真危險就在鄉村彷彿一律失重的坡下，
災難就在陰河的濃蔭附近，一點也不晦澀。

我飛到拉薩，石塊上全是蝌蚪樣的文字，
陽光把礦物質提升到空氣稀薄的顏色中。
一群乞丐吹著單簧管，和城市音樂學院學生
一樣。去舞廳你得擰著槍，隨時準備逃跑。

你得像犛牛飲酒，在私家廟堂和丹巴人賭博，
用碗扣小石頭充骰子，這時才曉得絲綢啥樣，
燦爛的老虎骨瘦如柴，就像你能琢磨的痛苦，
或由書所知本分的斯芬克斯或飛簷鸚鵡一類……

什麼人沿著城市流浪，思考填飽肚子？
什麼是應該被詬詈的多餘的善的部分？
什麼原因使那些麻雀如此大膽地浪費？
為什麼只有烏鴉喜歡沒有枝葉的樹幹？

是炫耀高原的黑色嗎？還是冬天魅力四濺，
山地自有分明的輪廓？這裡誰會得厭食症？
虛弱的人抱胸咳嗽、唏噓，在布達拉宮外面，
我看見更清晰的生物拽著一個苦澀的地球。

1996

追太陽的人

蒼穹下，母牛反射，對著幾支鼓眼棒敘
他觀測的生霸暨死霸，並描繪出一張連
小爐匠也看不懂的山寨狙擊圖，靠怎樣的
眼力——不是繼續堆積慣犯的屍體，或
靠了粘住的喉嚨發音快，繼續爭當「二流子」，
還是那麼自大，仍無難度地去扮瘸腿夸父，
下決心，就是不要改變，改變有多麼痛苦。

反正也妨礙不了什麼，青蛙腦子可繼續進水，
太陽仍舊會觀察飢色，與計畫的空氣一樣，
明天的身體照舊圓不隆冬，不斷喝醉的牙齒，
鑲了黃金，使空間恍若更燦爛，明天，將有
個「雙肩背」要揭發光咚咚，一隻拔鬚的蟪蛄，
要洩露驚人的宇宙觀，請世界看青鱉的心肺，

已薰得像狂風下漏嘴的篩子。所以，當他再次
騰飛起來的時候，請注意分析其流行病和唾液，
請和太陽黑子深處的蠹魚保持一定距離。否則，
頻繁玩於股掌的玻璃球，會用多年纏繞木星的
小手腕，把你傷害。過於聰明的巫師，或就是

最愚蠢的撒旦，就是那塊翠綠不作回聲的骸骨！
夸父並非駕雲昇天，他的四周，埋伏著潺潺的

火的溪流。他當然不怕死，誰說他懼死？因為
他已憑愚蠢的父輩死過，極度地無聊過，也像
灰動物，尾巴上掛只晴雨錶，並為它使勁措辭。

（瞧他們個個參加的溫暖協會，有津貼，個個
紅光滿面，不斷地悄悄地在黨證裡勾兌取指紋，
然後，敞放，去人群混淆視聽，你看，是個啥
玩意──昆蟲的混裝體，還是糊塗的大拼貼？）

豬堅強，有自己的星宿；牛前進。有自己的
分野。都有幸福的盤纏，也都有阿拉丁神燈。
也都是溫室效應和巴甫洛夫迷人的第二信號。
一聞左撇子的哨聲，就激動不已，死而生還。
像笨伯粗糙地保持少年夢：「或許，你會像我
在烈焰中復活」；鳳凰雲：「或也可能是一甕
青灰。」待剮的魚群在其羽毛蔚然的叢林遊著。

誇父很快就和那唯一的倖存者簽了不死的約定，
不為別的，不為平凡，只為寂寞和熱衷「貧民詩」，
只因沒有再比熱更熟悉「死」的形式了！為自保，
用含鐵的泥作結實的眼罩，用金蛇盤頭，銀蛇握手，
銅蛇遊在地上，飛快地升起來，雲和霧，整個的
彷徨的旋轉，或許都枉費心機……但，如若沒有這

運動的彎彎繞，沒市民消遣，沒一個銀行女職員的
精明，浪漫地擠眉弄眼，他恐怕連一次夢也做不成。
那更令人抓狂。本來，太陽並非想用匕首刺傷神經，
而他們卻強迫著，這個要磨指甲，那個要秀靈感，
想趁機釋放肌肉，沒啥技術鼓吹手藝，赤唇朦朧，
流水帳過於直觀，結果，熱得來還未及分行的詩
也噗嗤起來，連雷也抱怨誇父的蛇甜蜜地咬了他。

結果，變成屋簷下的貓徹夜咆哮，一朵雲，渺茫，
南來北去。如果，不是那上昇的好時光，或都可
正常地行走，彎腰不打哈欠，也用不著懼怕肥胖症，
更不見什麼幻想的弓手，只要他蛇鞋的速度能跟上
鄉下蚯蚓的速度，防曬眼鏡能像鳳眼經得起烤灼，
無論木材的輕巧，還是火焰的毀滅，或貧民嘮嗑，

都可以使生活的街道正常，焉用冷淚，或假寐，
也無需非通過自吹浪得虛名。最後，你會發現，
語言最難以持久的是那滾熱的時間，非亂興天問，
結結巴巴的。過度使用一種器官，便萎縮那器官。
蛇髮雖能繚繞，散發一股魅惑，但其噁心，連你也
未必能委屈，雖然，你也可借刀剐人，而一旦腳趾
開始熔化，你便會明白一個窟窿，會比昇空的

肢體還要高遠，本來，或許你真的想攫住邊緣的
虛玄，但更詭譎的日車，卻融化你為淌血的桃子。

1994

垓下誦史

一八五九年[1]，我們的兩隻耳朵突然豎起在
貝格爾號的船板上[2]，舌頭跟海一樣寬，一樣鹹。
剃刀上一個波拿巴的下巴，徹夜端出他輝煌的
泡沫外交和非洲人捏的麵包圈，或亞洲的土窯子，

像改變瑞典寡婦似的改變了歐亞大陸的棉貨，
也改變了未限地理的重農學派和祕密的西印度。
菲律賓的檳榔和西北坡的考古已響徹愛丁堡
整座大樓[3]。蕨類植物正從密西西比河撤退。

猩猩被共濟會傲慢地做成標本，殖民者漫遊東方，
四處幹叫喚「美麗新世紀」——孔雀在樹上吸大麻，
讓大地犯愁的卻是繁星般透出血腥的戰盔和屍體，
與我在湄公河所見的臭魚和更遠的澳洲肺魚一樣。

在蠟像館，你還能看到毛茸茸的長臂猿，蛙女神，
墓穴中不準拍照的埃及雕刻，徐霞客作了記號的
某條河流，羅馬帝國的剝奪所，遍佈世界，還有
耶穌的綿羊，開始脫毛，加上殘酷狩獵法剩下的

---

[1] 1859年，達爾文出版著名的《物種由來》一書。
[2] 達爾文曾乘貝格爾號（Beagle）進行長達5年之久的南海考察。
[3] 達爾文曾在愛丁堡大學研究醫學，後轉入劍橋大學。

最後一頭邁錫尼獅子，已打通了整個新世紀。
威靈頓[1]氣嘟嘟地走進紡織廠。中國同盟會發誓要
為東亞病夫做外科手術，像黏著音叉表音的蛾子，
而世界公民則嚷著要海倫和孔夫子去作革命的炮灰。

工商界袞袞諸公，應該記住這些詞的堆積變異：
鏇布工，巴黎，硝革匠，扳機，整肅運動，審判，
亦如我們今天所食的口水雞，製造催肥素的闊少
正考慮如何頭上安裝螺旋槳，垂直降落現代櫥窗⋯⋯

這些都很方便。你沒見，戈培爾宣傳部長偶而也寫詩，
玩照相機，如今的雅人也打群架。先富者，一路賄賂。
誇誇其談的傢伙，也一路誘惑那些崇拜文化的傻女人，
拖上文藝社團的地鋪，研磨新詞，像草莖上的花蜜蜂。

更多的卻是「五毛黨」，用謊言攻擊謊言的叛逃者，
假裝在痛苦中掉淚的詩人和威尼斯封閉的水鐘，
鴉片，火銃，釣魚島——爭端永遠都在一個不知名的
島上發生，舢板，黃包車，水泥包裹的螻蟻之城，

耐著性子消磨政府韜略的人民，人民卻不怎靠譜。
瘦子攝像師，前不久他還在苦吟，如今，都成了

---

[1] 威靈頓公爵（Wellington，1769-1852），英國將軍和政治家。

後現代的按鈕，圖片中的君士坦丁堡發展了整個
俄國的東正教，咖啡館，麥當勞，肯德基的雞翅，

讓第三世界都生出飛毛腿，銻錫合劑配上銅銹，
讓東方好像更古老，也更滄桑。耗子現在已不再
啃廢墟中的玻璃，而是偷吃用潲水油炸的餡餅，
更多人則把人民紙幣換成美金搗入瑞士的銀行。

（我覺得，鴉片戰爭或正讓文化買辦們重新誕生，
渴望領獎的自由鬥士捂住腦袋還沒搞清何方神祇。）

一個女皇在後宮觀賞電學試驗，另一個則在頤和園
扮觀音。一五八二年，吉伯特的磁石[1]，無人問津，
接著，又是伽利略觀察菜市場的燈火，最後，是牛頓
注意到靈魂的透徹性，哈威爾卻患了嚴重的肺氣腫。

到底有沒有馬可‧波羅這個人呢？因為他，歐洲人
知道了功夫熊貓和花椒，或許，較純的蒙古人記得，
也知道渦輪機在蘇格蘭的一片沼澤中悄悄地發熱。
羊圈中的資本所扮演的角色，匪夷所思，不可小覷，

---

[1]　吉伯特（William Gilbert，1540-1603），英國物理學家。

它使用的或正是馬克斯、凱恩斯厭煩的隱形幣值，
或許正是魔鬼在舊約詩篇中不小心丟失的毛囊，
如今成了酸油，對爛龍來說，正好起著預防外來
腐蝕的作用，亦如帕斯卡[1]在尖塔上給未來施加

水銀般的壓力，如今，我們才能喝新鮮的榨果汁。
過去，拿破崙不大相信潛艇，卻更相信四個兄弟。
而希特勒卻相信潛艇，但他，更相信威廉或彼得。
他眯著的小鬍子，跟土耳其靠近希臘的荒島相似，

從未碰過達爾文的猴子和金色的喇叭花。
「先生們，零點時分，在兩半球，猴子
或近似猴子的將在不可見的元素中變化」，
某些牆要坍塌，某些人要重返歷史的刀俎。

我們每日所遇到的不是騙子，就是精明的項目人，
或爭訟者，比如英國的赫胥黎先生[2]，或激進的
卡爾·馬克思，他們將成為真理，也將成為教條。
到底有多少人經過漢化閱讀，結果，卻走了調調。

---

[1] 帕斯卡（Blaise Pascal，1623-1662），法國數學家，物理學家。
[2] 赫胥黎（T H Huxley），英國科學家，作家。

也包括湯瑪斯・阿奎拉[1]，甚至魯迅的雜文——
「雜」的意義，我們曾荒唐地拿來開玩笑，比如
雜貨，雜種，雜交，雜技……，幾乎是金玉良言。
如今，還有更多混淆視聽的東西進入我們的大腦，

猶如哥白尼在火刑中刊佈地球左旋右轉，有時，
我看見俾斯麥與更多晦澀的統治者在輪椅裡辯論，
當初如何如何……。我也看見，凡人未必幸運，
或許，因為我們還未發現真正背叛自己的敗類。

歷史，或許，甚至真得會旋轉為一隻蒼蠅嗡嗡，
但不能進行化學分析，就像一個薩丁島的村婦，
不能細說羅伯斯庇爾如何把自己送上了斷頭臺。
羅伯斯庇爾[2]，史達林，毛氏，他們在籠子裡最後

會想什麼呢——，也許是變了形的門樓，或許，
是餵魚湯的木杓，倍感辛酸的蟲蟲，在豆莢裡
用藤子懲罰其父輩，或劃破褲角的燧石與火藥，
腕表滴答著的華爾滋，而毛囊則具體洶湧而至。

1997寫，2013修改

---

[1] 阿奎拉（Thomas Aquinas）古羅馬宗教學家。

[2] 羅伯斯庇爾（M Robespierre），法國政治家。

時代

它只是堅決地讓小喇叭在叢林，
在摩肩察掌暴亂的城市裡喧囂，
這些聲音，上世紀還是好新聞，
現在卻是保守的文言扭轉方向，

讓陸地的一次航行未曾中斷發黴。
火車奔跑運的是改變百姓的貨物，
部分失竊，餘下的則變為貧民的想像，
時間不可能地重複著，輪船遠航擱淺。

老人們又開始聚集回首壯麗的往事，
青年人卻不再捉姦，因為早已合法。
個人癖好選擇了生活，人才檔案裡
你一定會發現蟬子新的履歷和刁難。

失去的歲月啊，有種東西賴著不走，
空氣被月亮消耗——當然不是空氣，
輪子被地面震動——當然不是懇切的輪子，
人為他的精神崩潰——當然也絕非是人。

野獸慘遭滅絕，靈魂繼續惡化，
時間測算痛苦的是另一個框架，

地質學中沉寂的部分已被發掘，
巨大的行星被非人的力量吸吮。

1997

厭煩

別以為是埋怨的情緒，相反，
其實是更糟的厭煩，很惡劣。
魚兒噓唏石頭的冷靜，噓唏
那些精緻過頭的招貼和享受，

突然用網把老頭子們撈起來，
看是不是很容易大聲地咳嗽，
突然挖個膚淺的坑埋多餘的
偷食者──抑或是人的限制。

他在株館裡觀賞松樹和瘦馬，
不厭其煩地說話，撫弄幾個
孩兒似的飲者和超級風水師，
其實那就是他在瘋狂地肇事，

而且刻意厭煩著不悔的故人。
樹流轉，雞鳴長夜，在露的
驚懼之下回答著異國的提問，
一面毒鏡裡滿是愁眼，傷感。

1997

樹上牙醫

為一顆牙，不在嚴冬悲哀地記分，
牙醫忠告諸位，對於異端食物
要網開一面，就像混沌的雪花
對於暖房裡一個意外的音階。

它是有些古怪，巴赫古不古怪呢？
還有保證海鮮的飛機頭。長頸鹿
不講邏輯，但卻不關那隻土撥鼠，
狡童瘋狂地喜歡玩一種弧形球。

樹上牙醫忠告諸位，別高談航空，
萬物都因為一種距離而疲於奮鬥，
否則，一粒雪，就會毀了一個手指頭。
雪，飄流，手指或許會感到一陣疼痛，

人便獲得虛榮。石頭肯為魚
沉寂在海裡，便是月中仙子，
你哭也好，裂開嘴唇笑也罷，
它都在相應的地方保持矜持。

猴子的進步，是因為勞動，不是
因為它們發明瞭高壓線，或用放大鏡

擴大了荒島上的魯賓遜。牙齒蹉磨，
也並不是為了舌頭，或小費律師的

論戰。它封閉一隻熱肺，
因為冷咖啡食用太多。
從表面看，牙齒沒神經，
但，樹上的蟲兒卻使它最痛。

悲哀是因為我們的心還不夠堅強，
看到一些器皿就心慌，像牙醫
見了口腔便以為是樹上的壞果實，
想到一些針，我們便不夠正經。

1997年

派遣

一個在家的旅行者,憑著什麼,
給大地派遣了難以捉摸的地平線,
很久很久都不消失,——我懶於交談,
我的胸口撐得緊緊的,那裡有盞青燈,

把睡夢裡一個接一個的黑夜點燃。
我清爽地躺在乾淨的床上睡覺,
自由地把小瓶子裡的空氣呼吸個夠,
在星星的關懷下再體驗一下棉布。

我不假舉酒杯,也不祈求什麼伴狂,
但卻有一根四處揪耳朵的電話線,
時刻把我帶到自己的祕密跟前——
起身後,叮鈴鈴地便叫醒了上海。

我看見一個朋友去麥當勞吃土豆泥,
從電視,我讓那邊的碼頭兄弟阿寅
暫釋妻室兒女,隔著幾乎整整一個世紀
去隆重採訪某個英勇善戰的百夫長,

和我一塊分擔突發事件。鳥兒南遷,
還有繡花狗,嗅著蜜蜂,不痛不癢。

要不，他們怎會身著巴可・瑞邦的[1]
塑膠時裝，在口香糖裡受人差遣？

未來，再也不會有滿嘴油垢的乞丐，
一個漂亮的女模特兒，我們的世紀
正是用她的身材去量城市裡的柱頭，
還有那些視線模糊長長的電影膠片。

誰對未來關注，誰就會分派最新鮮的材料，
亦如始祖鳥給烏煤提供巨大的冷凍細胞。
擁擠的空間再也不能分享一座古代的亭子，
每扇窗戶擔心風雨、隆冬降臨，能否保暖，
麻雀們需要熱食物，也需要義大利的皮貨。

在離超市不遠處，我和朋友繼續喝酒，
談論杜甫在草堂養鴨子是為了什麼──
填飽肚子，寒士們需要二兩黃酒壯膽？
既然任何時代都有暴發戶和官僚，那麼，

騎著毛驢帳單吟誦詩篇，又有啥稀罕的？
那要看你欠的是誰的，我從不欠人民。

---

[1] 巴可・瑞邦（Paco Rabanne），法國著名的現代服裝設計師。

我只是過於緩慢地勞動著，勞動著！
或許，我要重提人民，人民給我供氧。

也決不再用詩歌苦惱他們，像白開水，
裝在夏天的瓶子裡，樹蔭給它些幽黯，
孩子為它命名，作為普希金的繼承者，
應該大聲宣稱：要堅決反對氧化作用！

蒼蠅經濟人群裡大肆盛行，
許多人的名字被市場混淆，
帶著密帖的魚在基準線下，
人們要彼此信任才能溝通。

我只能這樣

我的嗓子比麻雀牌刀片
高了十倍，我只能這樣，
我想說出真話，無奈

聲音倍增卻把人傷害，
細胞裡沒催眠的音樂，
並非存心，我只能這樣。

我連螞蟻的一根手指頭
也未碰過，我呆在一隻
咖啡杯裡隱忍痛哭，

我只能這樣。蓋子裡
是一個多麼慷慨的世界，
把各種刺耳的聲音容納，

即使是一塊粗顆粒的石頭，
我劃破的也是自己的喉嚨。
我用水濃縮了的酸性掌紋，

驚擾的是我自己的靈魂，
它粗糙得實在不成樣子，
那是個什麼樣的歲月喲！

盲目仇恨，二流的牢騷，
連死神也未必負擔得起。
靈魂只能按自己的性質

分配給未來碳化的界線，
但是我從未拿腔捏調的，
我只能在大門上掛把鎖。

我決不在城市裡瘋跑，
也決不和任何人交換，
我洗滌著自己的灰塵，

但我一定要說出真理，
寧可麻雀叫我大嗓門，
而我只能向秋天學習，

向戀人們的忠誠學習。
我要在嘴皮上掛片檸檬，
我要亮出標準化的斜肩，

那是我沿著傾斜的北方鐵路
走得太多的緣故——我要用
它來丈量我的態度和自由。

我戴了帽子，帽子正呈古風。
有一條怪僻的魚堵塞了我的窗戶，
我要像父親說的在手心上煎魚[1]，

從此我不再沉悶，
胃在籃子裡下垂，
男人女人在混合，

他們全身都在抖動，
像磨盤一樣即纏繞又逆襲，
我黯然失色，但也只能這樣。

快丟掉浪漫的裝備，
躲開智慧的收銀機，
願望終會將人說明，

小子，我可以和你對質，
而時代，我能跟上你，
但，我也只能這樣。

1997年

---

[1] 幼時，每每犯錯，父親總會非常刺激地說，如果你長大有出息，我便在手上
煎魚給你吃。

我仍然只能這樣

我絕沒法解釋這一代晦澀的羈絆，
卻親眼所見緩緩鬆懈消逝的形體，
渴望將那些泛味枯燥的胸膛掙脫，
還要去證明陸地印刷行業的繁忙，

而地震帶也總提供那謊言的緯度。
少年死在水泥磚塊裡，或許你還能
清晰地聽未消化的電子聲，鋼筋的
稻草，還能把驚懼之下的夜晚拖曳。

耗子從來都囁嚅著到餐桌上來擺陣勢，
現在，自從化工廠獨立成了灰烏托邦，
就再也不見其蹤影。大地上堆疊著
奇形怪狀的房屋和城市，正常住戶——

三代未絕，也只剩1949年眼睛的
一半。時間，並不能醫治我們對親人的
歉疚，食物發黴，也不開化。兒童，
大聲喧嘩著，對不曾放肆的我，未必是
良性補償。政治，豔俗不堪，過於聰明，

也過於廣為人知。但我仍然只能這樣，
在廣闊的世界，讓瘋狂的口號將非人的

影子捕捉，狗歡快而勇敢，即便把呆子
放到新的地平線，他們也絕不會停頓。

1997年

一隻黑手套

聽聽這些討厭的、壓低了的口音，
如果，我的你的發誓是背對著她，
在櫃子裡極吝嗇地進行，像彼國
童話，遠離或乾脆放棄了現實事物，

那我們曾許諾的玫瑰園便缺肺活量，
那我今冬所戴的也必是一只不可原諒的
黑手套。它的牛骨扣子過於簡單樸素，
也正好與過去我們大家溫暖的心分開。

而且，你也很難說，它整體上是乾淨的，
僵硬地立正叫「同志」，所以也別忘了
有很長時間，我們未曾稱呼過「先生」。
現在，我們的嘴皮鬆下來謙虛地會了嗎？
會稱「先生」了嗎，雖像乾草口若懸河？
我們在陋巷裡絞動著的新時代的軲轆，
你也很難說，它還處於物理學庸俗的
包圍中，挨家挨戶地說：「切記要小心！」

你會發現，一個高尚的人，在半開的
水壺裡高談闊論，而瞄準的卻是你的
女鄰居。日常陰謀，這時，黑手套
便很有可能是過道中一只電錶的魅影。

你想改寫它，或把口語的消費轉嫁給
另一個住戶——他們或許暗中還幫過你，
你正做著少年強人，所以還無法看清，
一顆金牙閃爍，長時間氧化後開始發黑，
它教的政治語文和數學在黑板上中了風。
所以，每月，我們都得重新對付一個
抄表員，很難說，是不是黑社會所派遣。

如果，每個人，你我都要詢清其歷史，
大概也就是一個鄉下擤鼻涕的二流子，
或縣級武裝部的小惡童，——只是運氣好，
突然有人幫著交學費和管理費，暗中監視，
看你是否還是那麼愛在老鼠伙食團偷食，
通過一切縫隙偷窺女子害羞，聽人交談，
與你卑微的進步無關，那麼，你便可能
戴錯了一個陌生人的手套，僅僅因為，
在你也曾去過的地盤，他剛付了電話費，
然後在電影院又發動了一輛吵架的摩托車，

我們都帶過外國女友在售票口享受過
炫耀的人生，那剛點火的是兩張親匿
而無形中寬大的屁股——就因為有了

共同的公共場所。有種皮貨叫「黑豹」，
其實也只是貧窮的一個粗暴的代名詞。

我們集中這些術語，但卻別指望我們
臉上的皺紋能有什麼重大改變。更別指望，
不具名的死亡能豁然使你也成為人民——
就因為向未來傾述了蹊蹺的正義。如今，
這時代，連狗也是專業的，朝麻繩鞠躬，
給手套獻上聰明的問候。誰說你身陷囹圄
就可以是個真英雄！恐怕連你自己也懷疑。
未來誰能澄清，誰能為你勇敢所反對的提供
有利的證據？你的結巴和吞吞吐吐害了你，
沒把兩性衣物區分，反倒看見乾淨的靈魂
四處握手，細雨中人影駁雜，又約了勝利

廣場交換黑手套，帶上成本，或更利索些。

1997年

1
4
3

授勳

我突然想起，往年除夕，
少年們在籮筐裡放鞭炮，
朝賀世上普通的受勳者，
那財富是自我的一部分。

如果不過分地喬裝打扮，
人們便會普天同慶幸福，
而現在，卻有太多的光榮
和一塊出場混日子的儀式，

以及各地巡邏隊模仿文明的呼喊。
你最好能像和平鴿嘴上銜橄欖枝，
恍惚的燈籠褲要修理成大喇叭褲腳，
如果，還要防止縱火犯，就得規定

人民大會堂的油鍋不要燒得太燙，
火柴頭不能亂扔，兒童不得窺視
正在樹上悄悄訓練的消防事業。
然後隔牆放兩盒磁帶給戀人錄音，

給犯人，也給雇員，一切從速。
要制止在公共場所吃帶響聲的

食物和縱欲，但被撫摸的模範城市，
可能會從這些無聲的讚譽給漏掉。

我看到兒童手捏著一個氣球，
老年人嘴上吹的則是瓜子殼。
寂寞的人，將被引向野外，
在那裡接受一隻狗的訓練。

而耶穌，像雞一樣聰明地
彈跳了幾下，惡魔的任務
就算完成，大概他的職業
便是看著人這樣苦跳幾下。

1997

鳥
踵
1

1

有了錢，還怕身體不健康？[2]

愚蠢擊敗了多少老年人，讓大家覺得
在樹林喪失的寂靜裡還能把鳥兒說得
飛起來。其實，在重監房，僅其所見，
也就是失敗病懨懨的雜交麻雀和蝙蝠，

無腳的蝙蝠——收縮在古老的洞穴中。
即便能飛，放大倍數的樣子還蠻醜陋，
他們就不明白信譽分配早已暗中壓低
原始的詭辯還更遒勁。即便喝個爛醉，

回家，你面對的還是床頭碰灶頭。當然，
你可誑說：「我吃速食啊，我用公費啊，
像康師傅或麥當勞，口味獲勝留駐光榮」。
其實，沒人管你吃啥，啥都可以，即便

---

[1] 本詩是過去閱讀古希臘阿里斯托芬的喜劇《鳥》後，有所感觸而作，由楊憲益先生翻譯，此次臺灣出版之際，第 1 章有較大修改，第 2 章，除了調節幾個詞，幾乎未動。

[2] 引自《鳥》，楊憲益譯，《阿里斯托芬喜劇集》，人們文學出版社。

一團爛泥狗屎，或忽悠外行的嗟來之食，
即便一場宿命的春夢，跟室內由黑社會
加工的方便麵相仿。詩也像會所賣唱，
出場，贊助，回扣，也玩文明「小費」，
（禾鳥甚至還錯覺中產階級的時代業已
降臨，或該富裕）也玩印第安紋身和

公車露下體──總之，就是要登臨懸崖，
擾民，玩畢生的心跳，吃迷藥去虎跳峽，
不停地靠添加劑，雅人吸毒，很久以來，
便開始嘗試玩「自由的小鳥」，猶如給
勝跡增加人工苔蘚，再來一幅姑蘇繁華，

再來幀唐白虎，或米芾老年癡呆的剩字，
啊，本世紀的雅人反過來後，寧棄道德，
也要水墨滿堂，也要很「真實」地去做
痞子，分不清戴冠子的公雞或鸞鳥──

跟許多人分不清蛇紋石和透閃石一個樣。
因為，他們最擅長的是「內部」逮雀雀，
在親愛的一公里朋友中打劫，正是這些
半專業的泥瓦匠，建設著時代的雞籠子。

階級苦水傾倒個夠，小市民去掉受氣包袱，
其鳴也哀得差不多，已基本愁破萬年的寂寞。
我當然知道，禁閉久後，都想尋個烏托邦，
顯得更開心，還能證實小市民曾如何燦爛。

但現在，連夢也依稀覺得宿命，人人自守
本地精準的風光，誰還會再信半人半神。
你恰好辯護的也是「做普通人」迷戀交媾，
重啟白話格律詩，羽物劃書，不受欺辱。

也就是說，在一個狹隘鳥獸飛撲的空間，
你一點陰虧也沒吃，好一個自由羽毛人嘞！
好一個「兒皇帝」，好一個毛氏祠堂裡的
波普乖娃娃，鐵血強人。比鷹眼要尖銳，

比狐狸狡猾，比無產者的勝利也更爭氣，
體魄、肩膀、爪牙，錐刀之末，也更寬泛，
更狠，更貼切，與嘻哈翻轉的溝壑幾乎是
同一水準。雲光可私下在房間更改嗎——

烏鴉認為可以，而厥民以為該有限制，
羞怯的飛鳥或許並非片羽未損，而是

為了讓強光線下的枯槁有清晰的輪廓
或許，貓頭鷹在夜晚發現了什麼寶藏，

然而又在白晝失去，高興過了頭，說明
它還是舊時代膚淺的梟雁，街娃越見稀少，
蝙蝠群飛也不一定曉得會不會被養肥的
肉翅拖累，多嘴的老鴉保障口齒能贏。

其實，即使過去烏雲壓頂，也並非完全
是綺霓女神拿雷劈開人，更多是身分含混，
（你可以詢狐狸老鷹，胯下有幾多官爵）
它彎向你眉毛的下玄月，也並非完全打破
你生命全部的砂鍋，否則你怎樣活下來，

即便學著彈射，拜的也是石塊的整體山魂，
我們抖擻的遠航，不值一提，我們無論
怎樣用肘關節護著兩眼虛空，但你看到的
還是個花和尚，說穿了，更難看──即便

你和鳥首黨魁一塊從樹巢神壇秋雁平落，
那確實是一種姿勢，但並不等於說立地
即可成佛，（否則，引力也可說是牛頓

老爹）。還得看乾淨的腳爪有沒有其他
小鳥作祭奠，紅嘴殼，還得驗是否吸血。

（如果，你認為手段過程並不重要，那你
就享受此刻鳩占雀巢侵襲的全「過程」吧！
你誠實地拍一張轉世的合歡照吧，注意，
投胎證都在，有的還比你年輕，記性更牢）

現在，大家徘徊樹墩上，可能是個半調子
生物學家，積了一點本土的糞便知識，
或規劃了一個寂寞的圓盧，或雙重身分，
曾經的劊子手不都是曾經比翼的風流嗎？

一旦內心飛鳥直下想與人同足，那你可要
分身，你或只進化了上半截，下面毛絨絨的，
還是灰腳幹，伸進布穀鳥小腦的烏雲啥樣？
或我們從未見過那樣的異類，鳥兒千年以前
還輕鬆地訴說著阿里斯托芬那幕尋仇喜劇，

他或是第一個告訴我們鳥和人距離的。
鳥兒在天空奮擊，人張開自己的網罟，
現在，我們只看見一架超薄型的飛機，
或它最了不起的姿勢就是飛越障礙物。

現在你可用樂器模仿鳥兒撲打的聲音，
把亂撲的肉雞當作鳳凰供奉在餐桌上，
給北方風琴餵塊巧克力，讓它學燕子，
但我們耳邊絕不會只颳那麼單薄的風。

窗外有人不停地吹口哨，只是這一瞬間，
你才覺的自己像個女巫，在下流的屋簷下
探得瓢潑大雨作鴉雀訓，換得一次心跳……
諸位兄弟現在要靠吸金刺激才有笑臉，

而我們的百姓要靠騷動才能感覺安然無恙，
革命精算師不過是「道德」的成功者而已。
為什麼呢？——就因為過去不太道德，因為
和地球的衰老休戚相關，傾斜於不乾淨的大氣。

2

神經和迷藥已完全混用的人，現在，
鳥兒要用它的速度來丈量其肺活量了，
不合格的，便會推薦給蚯蚓、蜈蚣那
或許更柔和一點的潮濕。你哞哞地叫，

在誠實的耕地瘋跑，為一堆廢鐵，
即使我們從飛機庫抬出最結實的
滑行器，你仍進入不了那大自然，
仍會被鳥兒朝著大地的深淵驅趕。

因為暴力——即使是內心的，
也只能在荒野中施行，跟著，
就會遭到鸚鵡的報復，儘管你
朝著生存的理由猛烈地鞠躬……

而這正是風和鳥所要你作的，
作為永恆的回報，也作為
懲罰的永恆回報。秋天在其
葉子被釋放時就已經毀了容，

而作為最後的仿生者，我們
還要振羽鑄造可笑的動力系統，
鳥兒在上面作了無法辨認的記號，
許多細腳幹匆匆掠過凌亂的機艙。

疾速的風暴從不會裝腔作勢，
這還只是昆蟲們短暫的分離。

鳥兒在空中跺跺腳，我們便有了
善與惡，有了滿眼的清秋和曆算。

只有鳥類知道大地上什麼動物
會遭到時間無情的殲滅，風兒
已將大地的一切事情告訴了它，
而它再也不能表演滑翔的技藝。

當蜜蜂在罐裡探得飛翔的知識，
那被遺忘的夏天就要乘勢結束。
我們將忘記南方那揮霍的習性，
而記住北方凍結在土裡的鳥食。

潔淨的牲畜和不乾淨的人啊，
在各自的空間活過了六百歲，
六百歲對鳥類來說並不算長，
而對於人類來說也並不算短。

1997寫，2014年修改

變形記

——紀念曼德爾斯塔姆

誰也不知道我是中國人。[1]

我是個韃靼人，我要去阿塞拜疆。

　　你說我不是，至少不像，

那麼馬拉－馬拉威楊同志會開證明[2]，

　　麻雀會寫詳細的說明書。

我從未換過名字，卻激怒了他們

　　為什麼呢，就因為我呀，

從不想成為他們當中任何一個[3]，

　　他們在嘴上安了活塞，

機靈得嚇死人，如果今天石頭值錢，

　　那他們今天肯定就是石匠，

如果明天有世界性的超級廚師大會，

　　那他們立刻會舉起鍋鏟。

---

[1] 引自英譯奧·曼德爾斯塔姆《第四散文》（Fourth Prose），見The Noise of Timeand Other Prose Pieces，Translated by G. Brown，Quarted Books，Limited，1988。

[2] 《第四散文》中出現的一個人物。

[3] 曼氏有詩句：「不，我永遠不是任何人的同時代人」。荀紅軍譯，《外國文藝》1986年，5期。

我的石板路卻一直鋪到維京人那兒，

　　　馬兒更是迷失得利害，

我拋棄了軛具，只有瞬間的快樂。

　　　種馬卻用糞土變金蛋。

我憑的是羅馬人的勇氣和想像的耐力，

　　　我有的是中國人的貧窮，

我就是想看到多有幾隻輕捷的燕子，

　　　卸去了不必要的皮貨。

我曾經焦灼萬分，要尋找兄弟和同道，

　　　卻看到跛羊在山路上急行軍，

有必要把山坡上的草一下都吃光嗎？

　　　瘸子飛奔，麻雀最後衝刺，

麵粉和桌子都遭到了惡鳥的故意歪曲[1]，

　　　廚子在餐盤裡又知道什麼？

馬拉－馬拉威楊告訴我們怎樣才算好運，

　　　肯定不是撒謊，或發羊癲瘋。

---

[1]　指希臘神話傳說中的哈皮爾鳥，但丁的《神曲》，維吉爾《埃涅阿斯》都提到過這種鳥。這種鳥有鳥身，少女臉，肚子裡不斷流出污穢，以弄髒別人餐桌上的食物為手段，曾襲擊過埃涅阿斯率領的特洛亞人，並預言他們將餓得吃掉自己的餐桌。

你可以像羊圈似的口吐泡沫，每一句話，
　　　付費都很昂貴，要讓人尷尬相信
這種口味，就是質地精良的風格讓人消遣，
　　　那就像阿拉伯人的馴馬術，

要在黑燈瞎火的帳篷裡盡情地流露。
　　　但我寧可聽原始的吐火羅語，
我情肯去烏拉爾山喝乾燥的西北風。
　　　寧願在大海裡把自己拋出。

我是個韃靼人，要去亞美利亞[1]，
　　　我要給女巫打個招呼，
要到蒙古帳篷去聽那錚錚的馬蹄鐵，
　　　看膽小鬼為什麼會更市獪，

而且，在狗的影子裡追蹤自己[2]。
　　　我並非逃出陷坑的牡馬，
但我也絕不是桌面上嘩嘩響的紙牌，
　　　一陣狂風就給吹得偏倒。

---

[1]　曼德爾斯塔姆寫有《亞美尼亞之旅》的散文和詩篇。
[2]　出自曼氏詩句：「狗叫和狂風像他的影子一樣使他害怕，把他猛吹，那個人
　　多麼可憐，他自己已奄奄一息，只得向他自己的影子乞求饒恕。」荀紅軍
　　譯。

我看到遠方城市升起來的熱騰騰的煙霧，
　　　阿瑪－塔人的眼睛黑得像葡萄乾[1]，
而波斯人的眼珠子，因石頭風化而殘損，
　　　則像油煎雞蛋，至於薩塔人[2]，

混雜的羊群在裡面興奮地奔跑。
　　　鳥越飛越低，幾乎
就觸到筷子滾著的幾個小雪球。
　　　我拼命要跨過阿莫爾河[3]，

去看興安嶺的植被，還有河裡的魚鏢。
　　　我是帶著新地圖冊的蝴蝶，
我分不清螢火蟲和碗裡折射的星星，
　　　我是碼頭上沒有夥伴的鴛鴦。

我要爭取成為松果裡月亮的爆破點，
　　　而不是舞臺上的哈姆雷特，
捧著本看圖識字，便開始大談人生，
　　　我飲的是一股新鮮的力量。

---

[1]　蒙古人的一支。
[2]　烏茲別克人。
[3]　即黑龍江。

我的黃皮膚蒙著自己瘦弱的軀幹，

　　我完全能自己供氧，

難怪周圍有那麼多偷食的麻雀和懶人，

　　樣子就像古代的飛涎鳥[1]。

我是中國人，我的論據把你們折磨。

　　我愛自己的祕密甚於月份牌，

也甚於喉管裡一架肥厚的留聲機，

　　我痛恨鸚鵡也討厭空虛。

1997年

---

[1]　飛涎鳥是中國古代神話傳說中的怪鳥，其唾液可織網捕殺。

這一夜

燭光裡有兩隻鼻子，兩個蛋白樣的燈籠，
她白皙是因為她望電視像望著火紅的新年。
去年是在米亞羅，那一年很寂寞——
枯守著龍之灰，那年是龍年，那一年，
淪陷的城市儘是防空兵，那一年，鑼鼓鏗鏘，

帶鼻煙壺的電梯安在了上海，報關的鐘也響了，
梅在蘇州，滾燙的芝麻小湯圓，魯迅阻家未成，
瘦著面龐由蕭紅陪著補吃了幾根小黃魚。
那一年，所愛的人在延安只廢了武功，
一個兒童在桌上玩耍，而父親卻指望他

能儘快優雅掉這一年，順手解開花旗袍。
「那一年」可就太多了，一幫人在虎丘雅集，
一個人死在另一個人的懷抱，肉體在速遞，
遞在一個不負責任的人手上，那就等於我們
所期待的革命怠忽職守，其實是時間翻版——

是「那一年」用石板浮水印了「這一年」，
瓦在員警手上擲著，在大地上，仍舊是這大地，
「速斬」變成慢慢的跟蹤和折磨。獺，好淫，
而執美人，而美人恨得發瘋……那一年，
她們愛得不得了，而這一年，卻氣得要死。

所以，動人的乳房沒這一年，只有這夜，
這一夜的生疏，像柔和的雞毛一般撲打，
春夢亂飛，辮子在沸騰的樹叢裡無情地糾纏，
我見過這樣的害羞，這些缺氧的輪廓，
撥喇著轉過身去……只能說「這一夜」。

浪費掉這一夜，就像浪費你一個翻滾的氣泡。
吹滅燭火，然後盼望著對日常一點小小的顛覆。
每年我們都罵，好不容易罵掉一個人的痔，
然後，又罵掉一個人的晦氣，或者，發誓說
「哀家不入」，接著就發生了上面那些險情。

2001年1月24日

夜話印度支那

Only in a world of speculation.[1]

1

嘈雜的車燈把我們推到城市路邊，
每張玻璃後面的臉都像豐饒之角一般神聖。

而你能記住的或許只是一座燃燒的煉油廠，
每只手都在為生活的某一句話剪輯默片——
像這句：「我們把地上的一切都變成肉醬」[2]，
或像這句：「可能發生過的事是抽象的，
永遠是一種可能」[3]，你正好觸及了它，吹噓，
不管用的是那種方式，你都揭了生活中的一個短，

這朵雲就屬於你，就會跟著你，直到你看見
黑夜的邊緣像煙囪一樣在孤獨的瞬間豎起，
你的精神世界便凍結了一條聊以自慰的邊端線。

---

[1] 引自艾略特的《四首四重奏》中的第一首〈焚毀的諾頓〉：「只存在思索的世界裡」（趙夢蕤譯），英文見 T S Eliot' Four Quartets，p.13，Faber and Faber Limited。

[2] 1967年6月間，以色列和埃及的戰爭間，當埃及的一座煉油廠被炸燃燒後，一位以色列空軍指揮官在報告時說的話。

[3] 趙夢蕤譯《四首四重奏》，見《艾略特詩選》，山東大學出版社，1999年版，136頁。

報紙上，每天有段精彩的話，比人生還要精彩，
你讀的時候，彷彿就是為這段話投生到這地球上來，
而多數人卻在打情罵俏，還嫌不夠，便像納稅員，
理直氣壯把十二個月擅自變成了十三個月，
你得為失去的記憶多交一個月的稅，還得買份手冊，

（是稅務局印的，討厭，但你卻必須樂呵呵地買雙份）

你得知道謙虛是怎麼回事，法律是怎麼回事，
但沒人知道你曾是個童子軍，是個不怕死的人，
過了邊界線就惶惑的不得了，並拿槍打自己的人，
你是個「叛徒」，這就等於說你為祖國煮了頓夾生飯，
你的帽子上捆著湄公河的飛機草[1]，或蒸汽般的彈殼。

只有等我們全部消失後你才能消失，
才能在迸裂的豆莢裡為自己鬆一口氣。

印度支那祕密的小路上，只有死者才有回聲。

---

[1] 當時在寮國，有一種植物葉子很像飛機，大家便叫它「飛機草」。

2

茶樓裡，一群人（嚴格說是群老兵），正回憶著，
彼此間掀起蕨類植物般密集的話題，印度支那，
結果，是一個更容易被忘記的人，一架更像蚊子
來叮咬我們的B52[1]，一條河，一座橋，一棵椰子樹，
一串懸在睡夢中的芭蕉，一只鼓，一個滾石，
據說是「九次中的一次」（朝鮮、印度、越南……）[2]，
我們是這其中的一個，嘰哩咕嚕的人，不斷說俏皮話，
一個電焊的澡盆，1號首長光著身子在那發號施令，
機要員這時恰好來報告，沒想到，十年後，這個身子，
會在某段鐵軌上身首異處，機要員只是發胖了些。
只要你抬頭，就會發現，每顆星星都在發電報，
每朵雲，都會說一種語言，都會尋找自己的掩體。

印度支那集合起了所有致命的成長，
集合起了所有的犧牲，所有刀耕火種的山頭，
集合起了所有像切·格瓦拉[3]，或龍恩上校似的人物[4]，

---

[1] 當時美國在印度支那使用的一種轟炸機型號。
[2] 這裡指中國自40年代起，曾有九次出兵國外。
[3] 俄爾內斯托·切·格瓦拉，阿根廷革命家，新左派眼中的聖人。
[4] 上世紀60年代期間，南越警署龍恩上校，因在街頭槍殺犯人被埃迪·亞當
斯拍下照片，龍恩上校後來受了傷，戰後到了美國，因這張照片，再也沒有
洗掉自己的惡名。

罐頭，蕨菜，十二指潰瘍，背炸藥的人，被山洪沖跑⋯⋯
而你卻只記得黃鼠狼般的哨兵，你只看見一個空降兵，
落地就成了俘虜，他還以為自己降落在佛吉尼亞，
現在，他會幹什麼呢？推銷薄餅？或在一家酒吧
談被摧毀的雙子樓，講一個關於印度支那王儲的笑話？

他可能會更先預見一朵不祥的雲，
能比廣島的蘑菇雲更快嗎？

我們的記憶很有限，輕微的懲罰，非常舒適地
把每個人送到自己的座位上，你只知你的所聞，
說出三十年前寬敞的棉袍，或古巴的「豬灣戰爭」[1]，
你只在帳篷裡看見一具死屍，或知道巴黎的「紅色丹尼」[2]
我們回憶起當年在行駛的列車上那種高度的綻放，
每個人都有雙厚皮鞋，彷彿要去過冬，實際上，
我們要去的地方卻是印度支那，是炎熱的泥濘之王，

每到一個地方，我們才知道這就是那個地名，
每只青蛙都參加了戰爭，每只螞蟥都被密林中的槍刺痛。

2001

---

[1]　1961年，由美國CIA策劃了對古巴的入侵，即著名的「豬灣戰爭」。
[2]　指1960年代法國著名的學生運動領袖丹尼爾柯恩－本迪。

獾

杯子裡有些樹葉，舀給你，逗著你說話，
我們像昆蟲，團團圍著，幾乎變成了一種土，

又粘，又濕，變成一場宴飲，說話打牙祭，
比初一還熱鬧，把「鴻門」變成尋常京腔。

獾也好，鼠也罷，主要是談一個姓「宋」的，
不是作為姓氏，而是互相偷嘴，一老，一少，

大的說，小的唱，一會兒是鋼琴，一會兒又是灌唱片，
大的搖晃整個國家的骨骼，小的輕巧玲瓏，鳳眼飄香，

然後說到「浦江」、「夾江」、「溫江」、「內江」……
彷彿鏡子裡有個歡心的地圖，也有個「崔鶯鶯」。

我們說到餐巾的形狀，有個瘋狂的行為藝術家
當場就把它捏成個勃起的器官，插在酒杯裡，

女服務員笑了起來，獾拎著銅壺表演茶藝，
每種姿勢都有名稱，比如「蘇秦背劍」……

我們的獾好有文化呀！有人說到「趕麻雀」，
作為一場運動，作為一個詩人正在寫的詩歌，

馬上就有人興奮地發揮麻雀的肌肉，麻雀的機心，
有人設想，把十萬隻麻雀盡數趕進這屋裡，然後，

大家變成穿衣服的玃，或者裸著下身去捉麻雀，
這樣，按外省的說法，就有「兩隻雀」在撲騰，

一隻在外省，一隻在京兆——來盤玃雀薈怎樣？
我們的玃呀，只知道吃，只知道這黑色的生殖！

2001

浮手印

偶像在大山裡無所事事

——曼德斯塔姆

1

一小截沉睡土中的柱頭，令我肅然起敬。
經塔爾寺往日喀則，再往瓦拉納西，在儘量
靠近人群密集而磚塊柴禾又難以燃燒成形的地方，
尤其是在那些轉世活佛先念經然後逃匿的高地，

那柱頭上蹲著的三隻鐵獅子，有時是輪轂，轉動著，
或一個叉形玩藝，火焰紋重疊著，主要是三爪龍，
在沒有神的時候，你可以想像它就是神，就是佛法僧，
它就是突然安靜下來的那個印度的阿育王，
就是那個比我們更有份量也更飄渺的佛手印。

一個手印一翻，便是輕盈，輕盈得像一個合十，
有的說明生死，有的捧著蓮花，搓著豐滿的撚珠，
有種大象腳叫你遠涉重洋無須害怕，沒有碳苴熱，
你會乾淨地漂浮大地，遠方的信寄自無名者的樹林，
即使異國炮火密集，而你仍偷嘴笨拙地聞美味佳餚，
試試在飯店浴鏡上哈口氣留個記號，試試純潔之軀，

你又回到折磨自己的邊緣，來回乘飛機，像天堂的影子。
在北方，雪花很快就封鎖了一幢俄羅斯建築，
在那裡，我們聚會後看一個人像昆蟲在門口摔倒，
有軌電車悶悶不樂地直通水族館那條更肥的花斑魚，

那是通過滾動的雲變形的佛手指。

佛是一個普通的騎驢者，沒有固定的窩，也沒背囊，
他伸出手來，就是想讓一切對抗瞬間杳無蹤影。
我試圖在雲裡分辨毫無才華的形狀，聆聽呼吸聲。

2

凡人之手，在空氣裡只會留下反復無常的記號，誰也幫
　　不了忙：
推窗，關門，搔頭屑，寫字，填過境表，抹眼淚，廁所
　　塗鴉，
捏筷子，過年，放鞭炮，在鍵盤上磨指甲，拿牙刷漱口，
數各種鈔票，朝死者扣扳機，合攏不眠者的眼皮，沒事
　　幹的時候，
便開始數虛無之雲，在時髦的器物側面歡跳，挑逗售
　　貨員，
吊兒浪當地堆幾句詩，秉燭夜談，空話，摟細腰，飲酒，

摸著石頭過河，雙手相拱，憤怒時單手摑一個不識相者，
傷害的都是異教徒，抓住饑荒年代發芽的馬鈴薯，拎
　　長衫，
捏一個小丫鬟，然後，倒床回味一生，成群結隊地打牌，
加入某個世俗的組織，匍匐，叩頭，雙手接額，單手
　　過頂，
朝太陽或硬氣功行屈手禮，玩玉如意，撫弄一塊碎瓷片，

或翻開書對著某一頁發呆，捏著方向盤，扭轉骨骼，痛
　　風，忌食，
為過時的慷慨簽署空白支票，無休止地扯短髭和淒涼的
　　白頭髮。

手持念珠，放下屠刀，投降活命……都是這些動作，服
　　服貼貼的。
最後，都得讓佛手指合攏亂跳的眼皮──歸於空無，歸
　　於塵土，
使勁抽搐，為更直接地紀念一個人，已在雲端！──她
　　的音容笑貌。

我在密封艙裡總能打鼾，我總能看見，
一對機械的翅膀在雲中神祕飛行收拾著敗血症。

母親，我們只能有一種方式能觸摸到，指尖上純潔的
　　目光，
在九柱香所繚繞的那個飛行高度，我們都知道神聖的代
　　言人，
總有個時候，可能會偶然捅破，彼此觸摸一下，很短暫。

沒有一件事手記得住，接過來，然後恍惚扔進大海，皮
　　毛付焉。
機靈鬼幹什麼呢？打光冬冬，彼此意淫：「看，這有多
　　麼不同！」
他們「褻瀆」的不是非勇氣，而是低一層次的身體（無
　　首民），
精神中綰住的光頭，粗脖子，每個細節都可能來自皇
　　姑屯，
每只手用射線看都是關於手的骨相學，人生就是洗手，
　　你得學。

腳掉落陷阱的人被死者寬宥，用嘴欠的債卻用心還！

你還能怎樣呢，機靈鬼，你雙手低垂，終於放棄了自己，

身體持續發胖（我們有多少靈魂是警惕著自己的呢？），

樹上卻有日漸消瘦的鳥鳴，指紋上卻有微型的轟鳴的
　　馬達。

3

你根本就不可能認出它，認罪時才摁一次，你退後，
看見一張寬臉，納悶，消沉，趕緊用尚有血色的手指甲，
把皮膚揪得緋紅，熱辣辣的，痛得出不贏氣（我的
　　愛！）
這時你便知道誰是「你」，但那過後的飄渺卻未必度量
　　你的
幸福。黎明，等待奇跡，除卻心頭的累贅，持續將你
　　辨認，

等待一個結局，書寫，就是說一個地面上浮動的覺悟者，
但手印卻必須在你上面，像雲在窗邊巡邏，保持驚懼，
無論是鬼在苦惱，還是人在叫喊，都含蓄微笑，保持
　　不動。
毀掉這個手印就等於毀掉你的錦繡前程，你沒看見廚
　　房裡
那些毀容者，最後是怎樣在草裡尋體積的，——螢火蟲

被整個夏天分成微弱的幾截，失去味覺的微生物，

無論你怎樣肥胖，顯赫，你都不能擔當自己的重量——
讕語如梭，你只借用別人的話云云，你自己能真實地
聽到什麼呢，就像你那真實動機後面不真實的勇氣？

一下就變質為道聽塗說，呀，好遺憾的營養！
本來以為是個笑柄，但不真實，結果，成為你
自己的笑柄和汙點。你沒發現，我永遠用「我」寫作。

我的汙點，我自己會說，除非你像「黨」一樣地栽樁，
強迫著按手指印，等於佛手指空摑了大地一個耳光。

因為，你用「你」寫作，一用「我」，便成為笑料。
你根本就不理解其中的奧妙，想一輩子，也搞不明白，

為什麼那麼多人厭惡你，那麼多反目成仇和遺棄？

想想你們的「狠「是一個什麼樣子——比鬼呢？

佩戴紅色的噁心。

雲從不會糾集戴各種帽子的童子軍，為了某種透明度，
所以，我們偶而能看見一個普通的神端坐裡面，施無
　　畏印。

你能摁住自己的眉毛一展愁容嗎，為「他」者
掀開新的一頁，不像是兩種形態的波浪彼此惡化！

這種轉變，只有星星能解釋，只有長者能窺破，
良莠不齊的手輕易劃過，我們和雲端只一箭之遙，
稱之為射手者用你感動的淚水折射他人之淚，或許，

還有和解的機會，或許還能看見一個勇敢的騎手，
真正抓住了旋梯，在普通的房間，閉目指手為雲，

被照亮者意即誤解者，他們誤解了我說的「肥」，
誰說樹是一種體積（柏拉圖：誰說床就是床？），雲呢？
魚是不是種液體，陶壺上古老的符號，是否今天才熟悉的
文字？一隻遷就的手，在某個重要的時刻是不是從不
　　歉疚？

2001

攬雲者

說夢話拯救自己的呼吸，磨礪自己的
回憶，凌亂中隨手抓到什麼就像什麼，
朝著頻繁的瑣事拋出長頸瓶，卻只瞄準
一個攬雲者未遂的火苗。舌頭在塗辣醬的
饅頭上舔著，怎想它的來歷，它的叮嚀？

據說是諸葛為了文明地取代人頭祭，
就此蜀地父老們也該為他白布纏頭，
但取彼者卻使這一切全都化為泡影，
只是更廉價些，就像蹦到樹上的魚刺。

這讓我聯想到「松鼠魚」，因為它很甜，
還因為它在我們溫柔的懷抱中鎏的金色，
我懶慵慵地背著光線說兩眼被淚模糊了，
那根「柳」好嫩好細，隨風飄揚，
我們看電影即興賦予她「松鼠」的綽號。

因為我們膽小，所以做事最終亂麻一團，
只有灶神在廚房裡才一窺生活的祕密。
穿堂風橫掃在一切垃圾之上，潛伏下來，
珍饈一般讓你很讒，讓你還記得你舌頭
所砥礪的那只乳房，有著柔軟的未遂之紅。

水果蛙鼓一般成了盤中餐，很快
又融入塑膠袋裡的歌劇⋯⋯難道
我們不是這清晨最廉價的豐收者嗎？
就像頭髮跟句子混亂的關係一樣，冒瀆者。
整天想的都是命名，像雞公一樣打瞌睡，

我這才感到忙的意義，神志清新，
遠射程的叩門不是要在聽力上出效果，
僅僅是為了一個印象積撰在壞的體質中，
覥腆得像一次求愛，像食物對舌頭
所進行的叛變。雲躲起來，充實起來！

就因為我們奢侈地記住了那些往事，
我們這些攬雲者虛浮的眼球已開始軟化，
板著臉很快就會飄進十分狹窄的空間，
腳上的拖鞋，發出柔軟細膩的聲音，
帶光背的石頭，細讀後一擲千金。

我畢竟是凡人，知道這「讀」要經過
怎樣的體耗才能看出它是個真東西！
我並不擔心它是道影子，只怕狠毒的

攫雲者突然沒了距離、量度，未遂之舌，

這個竊賊，在非事實的事實上逮個正著。

2001

法則

留下來是一種法則，自然法則，死去，
未知的領域，也是一種法則。我們忙碌，
在這之外，或提前說出一種結果，但
那卻是一個錯誤，而且，已證明。

2002.9.20

駁斥

我咋會是簡單的復古者呢？我幫助一個護古者，
為他們申辯！這並不等於說我和他一樣，我覺得，
老人似乎比我們更耐心，比我們更像考古學家，
我們發掘的時候，並不真正知道「斷代」這碼事，
是祖先發明的，細瓷看它的胎釉，青銅看鏽色，
至於石頭的樣式，有益州、青州、定州之分，
一個浮雕的石頭井比真的還美，因為是一個剖面。
說到作假，詩人畫家倒很在行，說模仿，我們更是
有傷風化，──難道真的，古人更智慧？或我們
僅被蒙蔽著，更放任，隨心所欲，新東西層出不窮。
我們在牆面上通電，卻不知道蜘蛛是一個電解物，
我們有車，卻把速度還給了比我們更慢的城市烏龜，
暴亂者的血比叛亂本身更讓人憤怒，為什麼呢？
因為反射？可古人卻不會為自己的祭獻儀式好奇。
一颱風，我們就會驚訝天氣，驚訝在手上朝天翻的雨傘，
而古人卻試著去聽一種聲音，烏雲落釵，視闊步無禮。
北方轉蓬飛逝，南方的麥子在重複沉悶的枯黃。花兒，
更是一種放肆的毒氣，雲呢，緊貼著脊樑將人吸納。
人或應該有所區別：房屋並非是我們機械的皮膚，
在屋裡，我們所能做的就是加倍的感受肌膚之親，
並作為教條，以應驗「不知生，焉知死」，也更細緻。
一切的生存都是為了更多的緩衝，更遼闊的空間，
過去是用瓦片放逐一個人，現在，是用非自由去限定

一個更隱蔽的獨裁者，讓我們在烏雲之下，看看，
我們還有什麼能使急促的呼吸和陽光得以緩解——
通電的飛機在桌面俯衝，打開窗戶，便立馬嗅到
高速公路上晝夜兼程運送的物質和忽悠的「非物質」。
幾年前，說到「運送器官」，我們還能笑，現在呢，
笑是種奢侈，比一朵雲還奢侈，比綻放的落後更慘。

2002年

髮型師

這家店叫「歐萊雅」，跟我們稱那些
新款的車型「寶來」，「波羅」，「派力奧」一樣。
髮型師累得上氣不接下氣，身上捆滿了刀叉劍戟，
像個日本武士，正要去割那些昂貴的稻草人。

她們歡叫著被宰，在泡沫裡變成一個橢圓形，
蒙著臉，就躺在我身邊，想像著聞鸚鵡的氣味，
享受著「歐萊雅」的噴霧劑，自製的，讓人暈眩，
燈罩上也寫著「歐萊雅」──誰知道真的來自法國？

這還不算危險，危險的是分工很細，彷彿
每根頭髮都有個精心的助理，他提醒你
護膚用的是這種，飄香柔軟用的是那種……
周圍全是分歧的美容師，全是剖腹相訴，

不斷地填單，溫柔得像夜幕下垂，等待一個飛天。
這還不算危險──危險的是你完美的戲謔模仿，
是洗頭的專業化讓你的頭髮像炸彈一樣發酵，
對保守的生活充滿了恐懼，以致魅力四濺，

誰還會去想頭髮，想加工廠，而不想生活的淘汰者，
都是一種被俘虜的戰利品，「歐萊雅」只是一種命名，

對它我要求最簡單的髮型，毫無疑問，混形者呼之即來，
他真像個專業的恐怖主義分子捏著刀片瞄你的下巴。

2002

某某，或叉叉

檔案最頻繁使用的也就是這個某某，
過去喜歡用××，表示這個人存在，
但他的名字或許會引發不良的行為，
或造成輕微的騷動，就稱他某某吧！

某某就是「那個別的」，和周圍的一切
都沒關係，他只是個叉叉，是內部的
一種替罪法，除非，某某是個「叛徒」，
這個詞是偉大祖國最愛用的，這就等於

宣判了你的死刑，除非你逃得遠遠的，
不受制裁，但在紙上，你還是個叉叉，
就像一個蒙面人，一個不存在的匿名者，
久而久之，你便會在雲中搔自己的白頭髮，

直到被荒廢成一個禿頂，直到流亡者
破鏡重圓，換成某個正常的人，換成
一張沒汙點的名片，或許沒人認得你，
但小心啊，祖國有一隻很靈敏的鼻子，

人民就是個放大鏡，很快就會發現，
你的漏洞，很快就會在你的假髮裡
發現一個被漩渦攪動的東西，結果，
你還是那讓人談虎色變的陳年舊事。

生活中有很多這樣遺漏的叉叉，使得你
乾脆橫下心來把自己看成是一個異類，
標榜自己是「第三種人」，或「第四種」，
否則你就會被歸入更糟的「內部控制」。

如果一說到「內部控制」，那你
無疑就是個省略號，因為，人們
不知道究竟該把你劃分到哪邊，
既危險，也不危險，所以，只好

先畫個叉叉代替你，好幾年你
都可以當「某某」，等待變化，
或等待審查，你可以養家糊口，
但每個玩笑都得非常謹慎——

否則，你的匿名就會立即生效，
你的處境就會是一個嚴峻的問題，
你就會到某處重新領養自己的身分，
沒人會告訴你這道裂口是怎樣形成的，

更不可能有人直接指責你，
因為空氣是自由的，它只是
有點蔑視你油印本裡的隱喻，
還有某某添油加醋，指出你

何時何地濫用了空白和叉叉，
空白公章就是個典型的叉叉，
你的名字故意和某個的雷同，
那就是某某，你想取代某某，

至少像雲一樣暫時籠罩這名字，
當然，你不會永遠占住這山頭，
你畢竟想超過他，就像超過自己的
生物鐘，為簡單的生存大開方便之門。

這是一條捷徑，是異端化的開始，
可能晚了些，但效果是明顯的，
是本能推動了這些彆扭的胎記，
如果一個人的名字過早得到暗示，

那無疑會讓他長出難看的五短身材，
你得在更輕微的叉叉裡撿一個叉叉，
得為來世準備一個模棱兩可的名字，
這樣，你才不會是個叉叉，或某某。

2002 年 12 月 10 日

塗鴉

先餵個失敗的小人兒在粉筆盒子裡，
（小孩們全知道自製的武器和途徑）
那就是他的假想敵，然後畫出軌的火車，
從飛跑的包廂裡彎出許多張熟悉的臉來，
只是為了讓其他孩子們隔在千里之外。

愁眉不展地畫他，而他氣憤地說：
「你畫的是我」。原來，他承認
這片狼藉而靦腆的畫工，而且，
還持續地鼓勵那種少年的惆悵。

被畫就是不軌，被畫即「猝死」。
畫空氣的供給者，結果他無疾而終；
畫一只靴子，誰伸出腳來試試這靴子？
畫太陽，太陽正在向右旋；畫月亮，

月亮卻是個不明朗的負面；畫男人，
而他只有一種敷衍而不祥的預感。
畫腐爛從頭開始，也從嘴邊誘餌開始，
只能畫事物的表皮，事物並非事物。

怎個會像呢？他畫你外省的乖張，
而你卻要的是一個永恆的形象，

沒有汙點，只有魯莽，也從不失望，
善感的心也只能幫助那些壞東西。

你的乖張如此鮮明，他畫你，
口袋翻出來空洞地朝著鏡子，
他哈哈大笑，隨手拾起煙頭，
抓住煙頭也畫，畫你的乳房，

就像內心畫了一千遍的撫摸，
牆把我們小心翼翼澆築在一起，
以至於你我都感受不到肢體的膨脹，
肉感的威脅和麻木不仁的怯弱。

或許因為沒有，或許更多地死於天真。
你更多時候是幕僚的凳子上繞線團，
想像著發叢祕密烏黑的木梳陷入最深，
不可見是你對真實一面不虛心的掩蓋，

黑暗也有自己的光線投在視網膜上，
誰也說不清咋回事，能確鑿肯定的，
是我們將在永恆的風暴裡度過一生，
卻在平靜的觸摸裡衰老一小時。

你捏的粉筆是哈姆雷特的樣式，
你總不能畫個香甜的骷髏吧？
在你不能觸摸其他的身體之前，
你首先得刻劃自己的喜怒無常，

從凌亂的線條看有沒有確定的世界，
趁變化的讒語還沒有將犧牲者淹沒，
烏雲也還沒偏執地敲碎自己的鎖骨，
而我們憎恨的器官還沒有射向器官。

這樣你才能趕緊玩你的碳棒和圖畫，
趕緊用魔術綁走他骯髒凌亂的弧線，
拔掉她在陰影裡發酵而無用的抒情，
把他抓到牆上畫他驚人的「錯誤」。

沒有錯誤，那就畫她的含苞怒放，
畫一隻空書包或胖子翻筋斗的未來，
加上牡牛們的套話，「我逮住了你」，
這等於說：你有能力猥褻我的生活。

1999年

鳥糞

穿透玻璃，雨點般拉長了細線，無聲，無痕，
落在那些石頭神像上，什麼也沒有改變。
她們沒有一點怪罪的意思，還是施願與你的手勢，
就像時間經過撫愛給了排泄一個最薄弱的環節，
彷彿那並非是一種排泄，而是鳥類的一種活法：
考驗其持久的忍耐，考驗她思維的飛行器，有無重量。
你不知道神而接近她，跟我們接近恐龍的化石一樣，
最後的勝局都屬於無知者。好在她們也來自遙遠的印度，
流連一種消失的戒律，在空氣中凝固著，便感受不到
自己的重量，或別人的唾棄，否則，怎會容忍此欺臨？

2002.10.19

樹巢

難以想像她們不是來自天堂，同時，

也無法想像瑣屑的鳥糞不是來自天堂，

而掠過鼻尖的恰好不是這般開心的分量，

麻雀一見我們便恐懼地跳開，像見了溝洫，

寧可投靠拒人千里之外的那種喧鬧的危險，

這時，我才知道燃燒在彼岸的稻草意味著什麼。

2002.10.19

陰陽先生

我們小心翼翼地不去碰她，——挪動她，會有犯罪感，
男人一激動便光禿禿的，軟綿綿飄過去，格外害羞，
大山在鏡子裡哭泣和徘徊，懊悔，不斷在內心抨擊自己，
事情過去後，她卻挑逗說，破瓦破摔，根本就無所謂，
裡面本就包含一種對稱，又何懼你來窺視，羞啊羞啊，
男人女人本是一對笨鳥，卻在羅盤上搓自己的眼睫毛。

卡瓦格博，一大群開拓者要來丈量你的土地，看你的
　　風水，
你真的就是那個準備放棄思考的人，就是捏緊大地的
　　繩子？

2002.11.9

黴

1

食物放久了生黴，一本書受潮，
一個兒童受雇於老謀深算的魔術，
並想反復演習，一個人心懷鬼胎，
在要害部門，結果迎來囚禁之舞……

就像布希總統老想著要打伊拉克，
因為有毒彈，美國也有毒彈，而且威力
更大，只是帝國的枕頭在許多人頭下很軟，
一直在空氣中氧化，變質，沒人那樣去想，

只想動粗，並不想祈禱也能變質，生黴，
仇恨越疏遠就越熾烈，但沒人量這距離，
他在那邊時髦的廚櫃裡是一個異教徒，
你呢，難道就不可能是幫新納粹分子，

或詩歌的光頭黨？雲離我們家門太遠，
我們便不會去想那朵雲，它可以是
在草地上發芽的一朵蘑菇，也可以是
外交宴會上被美腿蹭來蹭去的細桌布，

大人物碰著杯說世界是個汙穢之物，
但對每個人它都有安恬之處，否則，
你怎樣入眠？怎樣對待那些衝突者？
呼吸使得生命有自己不平凡的律動，

但在毀滅的一刻，它全然把一切拋棄，
這下我們知道了黑暗有著怎樣的扮相，
準確地說，我們動，就會把一切引爆，
而不變，則會在陰影裡發黴，或驚呆。

2

漢字裡說「倒楣」和木頭有關，
和木頭築門有關，「門」就是「道」，
「道可道，非常道，名可名，非常名」，
我們拂袖而過，在門檻這邊席地而坐，

跪著，然後施禮，那是古風，並非懲罰，
那時沒有案桌，沒有椅子，也沒有床，
只有「筵」或者「席」，跪著很舒服，
因為是自然選擇的姿態，是把硬椅子，

你不能像根棍子似的老站著，不能坐，
人類會是個什麼東西？這跟爬著不能直立的

問題一樣，最終，我們會在篝火旁睡眠，
那是一個良性的社交圈，一個微笑的摯友。

埃及的石刻，有許多都是跪著的，
還有古代的印地安人，墨西哥人，
日本，韓國，都喜歡跪，喜歡盤踞，
保持體溫，和今天的感覺不一樣，是習慣，

是從樹巢轉向大地的一個突破口，地平線，
你能清楚地看清地平線，誰教你遼闊的
俄爾甫斯之風，誰教你用狩獵之門限制自己，
積澱說不清的習慣，農耕，自足非好戰。

籀文的「人」就是一個側身的老祖宗，
要坐，先得屈膝，但並不代表「屈服」，
讓馬戛爾尼1793年碰上是很尷尬的事，
那是因為坐慣了歐式椅子的人所不習慣的，

何來屈辱，入鄉隨俗，又何來倒楣？
因郎世寧已叩了多年中國頭，國門無形，
那個傳說被誤解多年，許多人為此丟命，
訴諸武力，結果，大門只是變了形而已，

時髦的洪水蜂擁而來，我們驚怵，站起來，
我們把髮型看作是對時代最大的貢獻，
皮膚不再乾澀發黃，也吃麥當勞的漢堡包，
但我們的態度和門是否都已經喬正——

大家都怪統治者，因為他是一城之主，
在他面前，大家都是朝聖的叩頭蟲，
是不是「跪」被濫用太久？還是因為門，
在還沒找到自己躬逢其盛的時間就變了味？

為浩瀚的憤怒而變樣，為貧窮落後而變酷，
法國的斷頭臺換來一個勝利的拿破崙，
如何呢，革命司空見慣。英國保留了皇室，
怎樣呢，只是引來了更多偷拍的「狗崽隊」，

戴安娜空歡喜地擺了一下她的長裙，
然後就坐在泰姬陵拍照像個受氣包，
在導遊手冊裡她還是普通的觀光客，
時間還根本不像在畫冊裡那麼貴重。

一個個跟著倒楣，豐富了人類的小道消息，
壞處只是尋常百姓的蝴蝶飛進了皇室之門，
平民的行為無法探測，其實這只是因為我們
更無知的民法被淹沒了，跟地上的影子一樣，

等級只是一種概念，跟某種形式的人無關，
就像你在進門前是另一種人一樣，端碗拿碟，
然後不小心撞在了門楣上，你開始「倒楣」，
而且，黴透，「楣」的另一個發音就是「黴」，

如果門顛倒過來，會給老百姓帶來一種晦氣，
它不在正常的位置上，就會絆腳，在雨天打呵欠，
久而久之就會發黴，腐爛，混淆，政治常常這樣，
它沒有防腐劑，它喜歡洩漏自己最原始的東西。

3

不少人走馬燈似的對我描述自己的黴相，晦氣：
「我這裡有顆痣，對稱，不好！」「嗯，大概是。」
「這是哭相」，「我好吃，就因為這顆痣。」
「這顆痣代表不會泅水。」「這道皺紋說我克妻。」

「我的眉毛沒對準這廂」，「這顆痣再往上一點
就好了——那就是美人痣。」眼角下吊，凶。
和氣的人，尖銳醜陋的人，都是靈魂的瀉藥。
啐唾沫的時候，你要準確地啐他的那顆痣，

否則，不相干的咒語就會跳起來。我們都相信
望氣或采氣，然後大嚼人參，當歸，玄麥……

中醫把脈，武功蓋世，但不擋瞎子和算命先生，
他可以換你的八字，說你虛活了多少年，說你

前身的桃花運，或來世變狗，讓你驚怳不已，
覺得自己裡邊還有一個自己，年紀還那麼嫩，
就開始駝背，歪肩，一生下來就愁白了頭髮，
就像一個拿自己消遣的證人，彷彿今生一劫。

如果你屬羊，就會守空房，女子屬羊淚汪汪。
你忌諱東，他忌諱西，他怕雙，而他卻怕寡，
愚蠢的民俗帶來巨大的空間和詆毀，啄木鳥
比什麼天氣都吉祥，烏鴉不亂叫，養狗即富，

烏龜也是個好東西，它爬得慢，象徵長壽，
老壽星都是禿頭，泡酒的虎骨，枸杞，蛇，
能瞬間滋養我們的器官，就像已改變的紅喜鵲，
這喜訊當來自外省，來自那些荒廢學業的人。

2002.10.13

香格里拉

他被每一個著急的人帶走，
也被每一朵緩慢的雲掩護，
也為每一個腦殘的人採納，
他已向「白色污染」宣戰，
也要拆掉全城鋪滿的瓷磚。

一個接一個失傳的會議，
就像要倒下的藏區盲人，
出門就碰上自己的黑暗。
冬季太長，人們需要
耀眼的東西來幫助自己，
生活得更好，更自在。

唯一不能在牛糞裡摸著的
是那只已成標本的死老虎，
一切都要靠喝酒來解決。
一個叫宗巴的大活佛，
守著那小山上的白塔，
我不知道他去轉過沒有。
這裡大家都相信，只要你
像雲圍著城市匍匐轉一圈，
你就一定會有好運氣，
幸福也就會突然來臨。

這裡，每道彎曲的陽光
都是幾何學。每張臉龐
都是一個糊塗而巨大的問號，
都有一個灶頭或隱蔽的酒罈子。

怎樣，憑著你的勇氣，
還是朵頤大塊的海量？
這裡的象徵就是大眼睛牛，
慢悠悠蹄著石塊在街上兜風，
所有的汽車還得給它讓路。
這裡的主街全是膚淺的皮毛
聚會的地方，聽任破石頭
像尖刀一樣刮削，赫赫有聲。

這裡沒有騙子，所以，也就
很容易出現了外地那些騙子。
他們來看一看有沒有可榨取的社會，
有沒有發酵的旅遊環境，銀行
是不是像雪崩一般慷慨撒手不管，
還有就是不敢怠慢的鬱金香的態度。
想像中的大片大片的鬱金香，
能不能抵消一個雪花般的荷蘭？

他要對付的就是這些傳統。
而古老的傳統在這裡
卻是任何人都能看見的
地平線，大家一邊向他致敬，
一邊又在給他舉行隆重的葬禮，
成千隻螞蟻分食他的孤獨──

百分之七十的羊絨，
百分之百的壯年人。
而且每個人都知道他，
都盼他把本地搞成一個
巨大的幸福的牛的迷宮。

2002.11.10

店街

掌中一粒珠子是新是舊。[1]

對於溫室青年，無需記憶，無需現在的，
也無需你當年的，這條街仍可稱是條陋巷，
間歇的紫丁香，倒插櫥窗中，沒人覺得異樣，
沒人會認為「繁華」是一次不必要的昏厥。

那時的一個好青年，現在是一群「按鈕黨」，
跳的是貼身舞，就像當時面對的「蝴蝶裝」，
飛向陰溝的獨辮，或一個陰陽不合的政體。
大家都向它潑髒水，被打倒的人最後才發現，

手上捏的是一把牛角梳。今天，這些磨擦係數，
痛苦的，悲傷的，已顫抖的而今天不再哭泣的，
只是這幕戲中的一種被調和的味道，組合開關，
白話文，文言文，繁體，簡體，閃爍的花粉。

緊湊的盛筵之下，還是貧民少年渴望升學，
而溫室青年，現在富裕地坐在各種螢幕前，
消耗著新的符號學，那種動畫式的印刷體，
把年份非常標準地投在古典的英雄題材上。

---

[1] 意譯自杜甫《戲作寄上漢中王二首》：「雲裡不聞雙雁過，掌中貪看一珠新。」

對於一個佛，你大發感歎，對於寒冷的標本，

你盡可抒寫驚逸的馬匹，鳥在書裡祕密地轉身，

在舊巢裡嘗試新的溫度，青年，高貴而多疑的

子弟，著名的階級患者，敢越雷池者必受祝福！

2004年8月1日

婚筵

一切都縮小在筷子上，杯碗盤碟，成群結夥，
父親穿半身唐裝，親朋好友，正幫著收紅包。

要小心了，前幾天，有對新人忘乎所以，
事後坐計程車，竟把紅包遺忘在座位上，

幸好，記住了牌照上的三個尾數，
民警同志推算出了三家公司，否則，

也就意味著要把一生的財富都扔在路邊，
所以非得要請個機警的親戚來幫著張羅。

據說，有各界人士，誰指望他們能相互認識，
收藏界是幾個老古董，政府部門是幾個胖子……

就為這樣的搭配，忙到半夜兩點，不斷打電話，
結果人滿為患，臨時加幾張桌子，熱熱鬧鬧的，

臨時才想起抓個名人來當證婚人，他曾名滿天下，
現在卻患了肺心病，出場碰見後還是問幾個老熟人。

嚴峻的人事變遷，誰去了西班牙，誰是大貪汙犯，
和日常生活唯一有關的仍舊是提煉偉大主題的興奮，

那就是每個人的上層，每個人頭上隱蔽的光環，
未卜的歡樂，作為天下太平的方向及微末細節。

三百個人嘰嘰呱呱的，就像開放的大臣們上朝，
花轎兒抬來，小酒杯搖晃，彷彿聚眾才有這民俗，

彷彿整個卡瓦格博壓迫著這座城市，使它在外省，
有個彎曲的嘴唇，有種時而搏動時而停止的樂趣，

當你走到街上時，就會不吭不哈，就像一件外套，
像一朵孤獨的雲，隨風而散，在黑夜中更為自我。

據說，有人封了「月月紅」，據說，女婿是推銷員，
都不能辜負「紅宮」這個名字，都離不開這座城市。

2002.11.17

迪慶

整個就是片擴張的肺，你得換它在高原徹夜不眠，
就像換它陽光充沛的時候，五穀豐登的時候，
你得換岩石般的軀體來受寒，就像換它的牛羊成群。
這裡唯一可使換的便箋排頭印的還是繁體字，建築，
是那種最為熱烈紛繁的顏色，可惜骨骼是水泥，
山上的樹木早被剃度耗盡，好不容易才看見顆大樹，
掛滿經幡，躲在雲層裡，賜給你蔚藍的群星和運氣，
卻沒能賜給你幽暗的樹林來痊癒。一匹大山，
遮住了另一匹大山，店鋪裡衰衰諸公，個個都像
紅臉關公，舌頭上仍舊是那種鹽份。你不能
每天都把最珍貴的皮毛逮住，風水也不會
時刻都把你的房屋扼制，除非你是塊不朽的燧石，
在星空一劃而過，你是撚珠上碩大的紅色光芒，
念念有詞。讓卡瓦格博在雲裡，堅持它勇敢的節奏，
堅持不能攀登也不順從的神聖，用稀薄的罐子吸引人。
遊客集中自己的昏迷，馬鬃亂飛，蒼蠅來去無蹤。
寬大的袖袍在商店裡把一大堆票據填寫，咋會這樣？
自行車羞羞答答的，卻趕不上神職人員一陣慢跑，
有要人駕到，祝福一切，突如其來的聰明還真管用。
挨著浪漫的活佛，你不會相信這是一個有色的宗教，
他穿著皮鞋，絕不踢入另一片土地，也絕不鄙視，
至今我也沒搞懂，偉大而刻苦的卡瓦格博計畫，
怎會是一本流水帳，並大聲說：「等著，我要開發你」。

2002.11.2

儀式

在雲裡磕頭，匍匐前進，長叩，
遇神即拜，無神便笑，你要準備
很多的硬幣，哈達，尼泊爾香料，
彩色的桌子，酥油茶，乳酪，藏服，
弦子，加持，摸頂，足夠體能的
卡瓦格博之雲，然後，坐在石頭上望雲而歎。
你必須有張無事生非的票飛進去，符合身分，
然後，再有張更艱難而無事生非的票飛出來。
必須有個真理給香格里拉一個生機勃勃的重托，
就像雲把你抱在懷中，把你的累變為一種呼吸。

2002.11.15

雅安上空的雨燕

一條可怕的橫幅掛在那裡，
水果攤上全是你的倒影，
但在溫泉上空，你卻是自由的。
不是「第四只」，而是「第一只」，
無數「第一」、「第一」，凌空飛翔。

為這個他們付出了怎樣的辛勞啊！
第一口醇酒，第一口煙，握手，
或上床，捏一個軟塌塌的人，
定下人生的目標，結果卻是一個錯誤，
第一次迷惘，反而是不可多得明確的幸福。

第一次營養的魚頭裡藏著滿含殺氣的劍，
人人都在裡面找，會吃的，剔到骨頭，
不會吃的，還是朵頤大塊，懷疑而深處不安，
穿了件藍色的體恤，圖案是單行道，
這對往返卻從不看邊界的你來說是種知識，

那預示著他還是第一次，並不真正的會玩。
第一次的皮膚是樹上的飛鳥，是蔥鬱的灌木，
那會預示某個冤大頭要煩瑣地度過一生。
他會用彈弓射你的睫毛，處處成群結夥，
好鬥，好詆毀，隱蔽，然後就是孤注一擲。

這對他們來說永遠都是刺激的風格，
對你而言卻是在空氣裡發酵的蟲子。
第一口，卻沒第二口，繼續飛呀，飛呀。
飛在新鮮裡，飛在雨水中，飛在長城的邊緣上
也飛在一座城市的陰影裡，看無眼的燈蛾。

四個人從來都是災難，五人就是行騙，
三人必有我師，而一個人就是孤單。
你並不懂這個數字，只是覺得不咋吉利。
沒有人會威脅你要將你逮捕，誰都知道，
空氣中的內臟，承受的是怎樣一種壓力，

就像母親們尚在呼吸的肺癌，不能抽胸積水，
一抽就是謀殺和事故，就是等死，必須堅強。
在人人都能看見的高空，你證明著魔性，
證明著一個人，他的俯衝和獨白何其凜冽，
甚至把一道漢闕逼得發瘋，因發瘋而漂亮。

2002.8.18

66號

你不會相信這裡仍有三百年前的老房子，
和西藏大召寺差不多，主人招呼我前去，
他臉上的皺紋和牆頭上的皺紋一樣密集，
他等待的就是世界行雲流水一般的遊客，

等待雪崩前的照相機，「不能登臨」的
故事，白花花的「神仙頭」肯定不能摸，
已為短瞬的駐留埋下了伏筆，誰都知道，
世界上這大概是「唯一」未征服的雪山。

世界究竟有多大，麻雀會嘰嘰喳喳討論。
這邊陲好不容易才有了這麼個「舊」東西，
值得一看。霉土發黑，柱頭殘留「文革」的
標語，粉筆字，絕非「創意」。據說，作為

公社文化革命的辦公室才得以倖存，
在笨拙的紅色裡才把紅色保存下來。
桌上鋪著觀光客的明信片恍若唁電，
五顏六色寄往卡瓦格博未揭的郵票，
讓其他街區幾乎壞死的房子垂涎欲滴，

包括那個被雲描繪出來的松贊林寺。
主人親自規定了哪個柱頭可以拍照，

哪面壁畫不能拍。他完全知道輕重緩急，
也完全瞭解建築的勾當，漫不經心的
簽名，就像沒眼睛的小蝌蚪招搖過市，
用一朵未開化的雲描它，為它而破費，
可能破費比「看」更有一種血緣關係，

就像「革命」無意中帶來它的庇護、疏忽，
而且，越積越多──臨到改變貧窮的年頭。
讓人猝不提防的是那一吐隱衷的豐饒之年，
那雕花的木質殘件，跟「希臘」恍若隔世，
它來自卡瓦格博之灰，老頭試探著想賣掉它。

2002.11.15

危險之至

看不見攀登者屏息懸空的繩扣，
烏雲尚在喜瑪那雅山脈中蘊藏，
但我卻看見這幸福的平坦之途，
正一幕幕的被沖淡，而每一幕，
都有一個重要的角色，而且，
每一幕，都有個一肚子壞水的人，
現在，似乎賺足熱量匍匐在床頭，

謙恭得像微笑的死神，當年這「笑」
是怎樣一道羞澀的門檻和尷尬啊！
讓你皺眉、嘔吐，反之也飽嚐奸猾──
但這是少年胸有城府必須具備的經驗，
否則，你怎會體諒幸福後面淒涼的悲傷，
發現某事蓄謀已久，已變虛無的外套。

你依稀還記得他們的模樣，就像幼年，
逞勇徒手敲碎的玻璃窗，幸好萍水相逢，
幸好在致命的週邊還有個不斷熬的藥罐子，
讓你離不開左鄰右舍那吵吵鬧鬧的場面。
看一個老頭揮毫，看一個想不通的人上吊，
看一場運動掩埋了多少黃花閨女和偷窺者，
打屁蟲背叛來又背叛去，渾然握手，寡言，

結果，握了世界最冰涼的一塊灰石頭，
唾棄的是摯愛，是未被污染的正義之名。
我們像群燕子，在每條小巷子裡亂跑，
戴上軍事化的眼鏡，四處搜索「敵人」，
誤以為那是「電報」，那是社會的錯誤。
在兵營裡，我曾用一串鞭炮調動大軍，
就因為錯誤的資訊，就因為魁梧的體能，
需要激情對抗。北方的老皮襖，它的反射，

就像今天廟裡所見的燃燈佛。眾生教誨，
也不過是溜滑的團魚，是一隻豁嘴兔，
是牧羊童朝著大山拼命空喊的狼來了，
是關於一粒穀子的，關於少年的盤中餐，
而生命卻在更大的空間白白的浪費。
鑼鼓鏗鏘，這一年又虛晃了些什麼呢？
我們已經習慣了那頻頻舉手的政府，
百姓勝利在望，滬股指數直線上升。
楊子江又扯起了運糧船的風帆，運的恐怕
不光是糧食，還有楊子江本身。北方缺水，
南方什麼也不缺，缺的只是俯衝而下的平衡，
一種不習慣的民俗，麻雀吃速食越來越快。
一年要用多少土豆，要用多少未知的麵粉？

我已習慣了茶水裡的馬可波羅，只要誰
有一點偉大的創舉，我們就讓他上福布斯。
（比如自動麻將桌，比如一個明星模仿秀）
我們已習慣了那些偏頭痛的身段，那些
對瓷致命的考古，各種黃段子信手拈來，
這一代說上一代的壞話，愚蠢的綠色，
爬到彼岸便開始張牙舞爪大口地呼吸，
骨牌幾乎掀起了城市每張桌子上的風暴，
而真正的風暴，卻平躺在灰色的懸崖底下，
等待一個與世無爭的頑童，也等待
一種空氣無需威脅就能承擔起的密度。

2002.11.24

緩慢

我的腳跟移動得很快，
舌頭壓得很底，手
抬起，又放下，就像
傷了翅膀的鳥一樣。

我的白日夢就是
山路暢通無阻，就是
沒有羈絆，不和人說話。
石頭已被大山踢到

自己的窩裡去呼喊，
有隻手很快就把它
趕製成一個小偶像，
就像搬進博物館的石刻。

我的雲就是被它馴服的紫外線，
就是緩慢封閉的香格里拉。
對其爭奪，已遠遠超過了
一個飯店的名字，其奧妙，

就在於看誰慢一拍（灘江、大理
稻城因為快，一骨碌都進了旅遊黨校），

我這裡大為光火，因老跟著夏天行動，
而這裡，雪已開始堆積，灌木發黃……

我悶得發慌，一下就治好了
高談闊論的暈頭症，治好了
許多年來的空虛和抒情之疾！
恐怕你得和雪山打紙牌了，我要走了。

香格里拉要慢慢地去開墾，
要本地人付出畢生的精力，
一個蔓陀羅的圖形要的是推土機，
而不是某個人所要運行的那個天體。

2002.11.12

卡瓦格博之巔

都來摸你的頂，但都不是神仙活佛，

我們把虔誠和膽量全投在你的腳下，

那些沒能飛越你的鳥，那些想征服你

而被你征服的人，讓我想起，你的頭，

就是一個哲學的怪論，當你拼命學習

想給自己的腦袋來場卡瓦格博的盛宴時，

而你煩瑣像窪地一樣矮的腦殼卻被削掉了：

就像反叛者自編兒歌所唱：「學呀學得好呀，

腦殼學掉了……」顯然，是失去記錄的高度，

那就是稻草的經緯度，那就是卡瓦格博之巔！

2002.11.15

土

地

翻開遺忘之書，想起被遺忘的土地，

雲煙輕漫粉碎著這些貧乏的黑暗之神，

因為過失，因為這些正確的過失已成往事。

飲杯酒可了卻，清醒著也可了卻，抬頭，

我們看見的是被遺忘的遺忘，你可以闔上眼，

不去想土地的事，也不想卡瓦格博的重量。

2002.11.10

我思故我在

腦袋沉甸甸的是雲。鳥兒輕盈飛過，
啄一粒穀子的動作是雲。當你隔離
而不知外面羽化是啥樣的時候是雲，
或知道了並撫摸它外層時仍然是雲。

你坐在咖啡館裡發胖，是因為在那種氣壓下，
你必須想著輕飛，想著白鳳凰，或一首詩。
那時，你從鏡子裡折射出來，像壁紙，或很瘦的鋮，
你不折不扣是這雲，最亮的便更亮，烏黑的便烏黑。

你唱和時，便覺得這是陳年的赤裸，於是乎，
不太願意上場，這時，雲正好掛在你的塑膠扣上，
逝者如斯，而這斯卻是雲，在雲下面，我們吃葷，
吃罐頭，吃輕飄飄的果皮，或帶點魚腥味的朦朧，

精神上想一些很素的事情，就像那邊的芒果。
這時我們很像阿拉伯的杏仁眼被短槍逼迫著，
食雲者食雲，食土者即土，土埋藏焦油，而焦油，
則是很容易消失被盜的紙鈔，上面印著一朵雲。

它喜歡用手緊緊摀你的鼻子，累得你出不贏氣，
性格變得陰沉而怪異，而你只可預報其出沒無常，

你不能預報雲，甚至後面的賭戲，這道山梁正斷電，
皮膚乾燥，緞子般在你眼前滑過的則是雲中的刺。

或許，這是唯一能被輸入到另一個世界的東西。
穿爛的衣服，用過的垃圾，傾倒的核廢料，人質，
還有政治家說過就忘的環境污染，像雲的細頸項，
扭頭過來就是狂風和奔跑，就是它無效的養分。

氣氛看好一切，在雲中穿梭，緩慢地給人獻媚。

2002.11.8

動容

妹妹，記得在溫泉那一直被人誤會的海拔嗎，
你手上的戒指卻準確地匡算出來，那些黑松，

彷彿在我們頭髮的漩渦裡取暖，不知是什麼鳥，
很輕地在刨著積雪，很快就進入幽暗的隧道，

四處可見冷冷清清的哈欠，彷彿整個世界都很疲憊，
只有我們上了發條，遠赴一個喇嘛廟，窮鄉僻壤，

卻盡是開摩托的康巴美男子，慢下來是因為高原缺氧，
記得嗎，還有草原上朝那骯髒壁壘扔石子自娛的小男孩。

下山時有騎馬者在溝邊被車尾掛了，「噗嗤」一聲，
沒留下任何痕跡，沒有爭吵，我們猜那是因為睡眠，

跟正常的速度一樣，在黑夜用自己的肺呼吸，
各行其道，互不打攪，誰也不會因昏迷而尖叫。

可喜我們能同時預感某些徵兆，知道周圍那些人，
為什麼悶悶不樂，為什麼仍然不能忠心耿耿。

更最重要的是，沒人比你更瞭解死亡是怎麼回事，
沒有什麼比你捧著母親那張遺像更令人揪心的痛。

記得嗎，主持葬禮的人讓我們不能回頭，
就像俄爾甫斯到黑暗中去拯救他的愛人。

2002.10.20

等待

每個早晨都是這樣緩慢，緩慢的鞋，
時間之沙，等待著正午，然後日落。

你得等待一貫飄香，等待女兒出嫁，
你得等待符合某種美學的黑衣大盜——

一手端咖啡，一手夾餅乾盒，匆匆忙忙
奔向打開電腦的書房，作自己空間裡的賊。

你得有這個配合時間的動作，而且，
你得等待這個非常巧妙的時刻，還有，

不能有一絲的苟且，生活得非常拘泥而且永恆，
這樣，才算得上是一種真諦，深情地等待過夜。

你得等待一個人離開，等待一個人傷勢好轉，
儘管他構成了某種輕浮的威脅，但也只能等待，

等待那可能更壞的結果，夏天，燕子掠過葵花，
池塘裡的魚，不斷地翻身，預言了荷花的凋謝，

但都得等待一個使者，在星宿間執杖而言，
等待一朵雲貼著你的臉頰或耳朵輕輕地絮語。

卡瓦格博，我在遙遠的房間等待著你永恆的狀態，
我知道你爬滿蕨類的草鞋放在啥地方，你的指頭，

在什麼地方裹著泥漿，讓那些輪子懸空而轉，
你真正的臉就是外省那不斷膨脹的灰色肖像。

2002.11.17

壕溝

每抖一次被單你都可能兜住一個關於它的神話傳說，
最後，在睡眠中將它忘記，在玻璃沙漏裡將它掩埋，
它也早已用灰塵和世紀性的工地把自己的安寧代替。

你不再擁有它，因為你不相信它能兌現一走了事，
你不相信另外一座城市在雲端為它把著同樣的脈，
擯棄它，就等於逃難，身揣惡習去其他城市兜風，

看看有沒有粉紅的芙蓉，有沒有草堂邊的防護欄，
關注著人們的菜籃子。你的視線，總像個僕人，
站在荒涼世界的邊緣，除非你抓住濕腳的窮親戚，

你仍然說：我來自低一層的房間，來自一個
不曾被抓住的把柄，來自陰沉沉的外省的氣候，
你還在想年輕時的衝動，想那些將你絆倒的壕溝。

今天，它勾畫著碩大無朋的公路網，不是修修補補，
是建設，汽車呼嘯著奔向每個人，把每個人餵飽，
填平這城市的一條水溝要比撫平你的胸膛更容易。

誰相信你可能會跟著一隻烏龜的足跡修建這城市，
它有反復無常的娛樂場所，有酒吧和潮濕的防空洞，
有浴池，有飛機場，飛機衝刺的時候，才知道

它結實得像一只桶，它潑出的髒水，總是想毀掉

自己的胃口，但絕不會沉，它有並不枯燥的空間，

還有一條龍像風中的麥穗滿足著我們豐收的公社。

2002.12.30

並非針對我們的碎片

1

骸骨是真實的，很小，不引人注意，透明，
掛在羽毛裡，奇怪的形狀，一哆嗦就不見了，
這就是螢屏上發熱的東西，什麼也不確定，
只見一些漂亮的臉孔和我們熱愛的菜譜，
然後給飢渴的人施肥，看廚房裡爛掉的珊瑚，
我們每天倒掉的垃圾都是一部女高音，
等待發生，等待沉默。酒吧裡的每滴酒
都變成了紅頭蒼蠅，只是手腳不分，任何談話
都是徒勞，任何傷心空虛的事都在這集中。

2

桫欏樹，就像我們自己的脊椎骨，很難相信，
它就是和恐龍一起誕生的蕨類植物，但恐龍
已滅絕，牧羊人還在成長，像潮濕的皮鞭，
驅趕著這瘦弱的人類，誰也不敢將它們冒犯。

3

有部電影把夜梟釘在門上宣告巫師的到來。
但甲骨文——或更老的文字，卻無人問津，

他們都不相信透閃石，只相信光輝的錢夾，
只相信活人，算了，挨著石紐的巫師──
只因是個死人，也可能是人類透徹的鏡子。

4

有只狐狸把它的尾巴攤在路上，
靜靜地等第一個上當的人，但，
沒一個人就這麼簡單地趟水過河，
都帶著自己的手杖，或測量儀，
甚至是望遠鏡，直接摔下來的沒有，
不可能，很痛，究竟誰在觀察這出戲，
狐狸的榮譽，還是瓢蟲不斷的探測？

5

有沒有可能，洪水連門和我們一起給沖掉。
我們的阻擋就像貓阻擋人工的耗子一樣。

2003年6月3日

探險者

他的手指就是河谷，就是湍流和聘書。
那年我聽聞許多關於他的傳說，他關心
勇敢的藏羚羊，而那些皮毛的射擊者，
卻從不讓他緩口氣，乾脆這樣說吧，
他是累死沙漠中的，然後，無影無蹤。

隔年，打開草甸的房間，又看見了他，
脖子上多了個瘤子，說話帶粗口，
他在神山設計了許多隱蔽的風景房，
每個角度都能看到天堂裡火紅的臉孔，
說是香巴拉神，或用澱粉做的粽子神。

這我倒是在其他地方見過，靠近汨羅，
但這決不是粽子神，澱粉在倉廩中飛散，
雲裡肯定是一個更高而不太粘乎的傢伙。
他走到哪都帶著發電機，卻從未見用過，
他的設計感就是一堆河灘上光滑的石頭。

過了沒多久，聽說他在為誰「劃撥」長江，
然後，不久，又找著一座吃不完的煤礦，
煤老闆的獎勵就是烏黑的悍馬，耿直，憨厚，
鄙視一切損耗。在城市，他只能停留片刻——
因為一到那裡他就咳嗽、發暈，主要是吐痰。

他說：「山溝裡痰是一種肥料，除臭劑」。
他像地質隊一樣打樁，探測土層，定位，
他輕鬆地策劃出一個公社式的烏托邦，
當皮筏朝天翻的時候，他准第一個冒出來，
然後，像小孩抱著氣球說，好涼快，好爽！

錢在他的褲兜裡永遠只是揉皺的廢紙，
他用的相機呆板得像北方長城上的磚頭，
就是用這轉頭，他凍結了聯合國教科文，
他們迅速為那個地區頒發了遺產保護令
那裡只求探險，只能睡有尿液的白床單。

2003，8月，14日

傀儡

飛得很高，偏航，害頭痛，蛻化，都是無名祖先的傀儡，
一到高原，肺葉擴張，就像夏天所能遇到的紊亂的灰塵。
每個人心裡都有個視角，可能認得一顆樹（多數是這
　　樣），

成為你一生貧窮的象徵，不管多努力，你談論的都是
雞零狗碎的鄰居，誰溫柔撲到周穆王懷裡，誰又登高枝，
撿了枚巨大的鳥蛋，怎樣，窮親戚，或許你捏著繩子
　　看牛，

偶然聽到一陣妙音，或扛著門去，從此不再返回，結果
　　呢──
疲勞的時候，你最終還是記得院子裡一顆老桑樹，棒擊
　　河水。
你也可能看見一隻頗有重量的龜趺，晚年是肺氣腫，
　　哮喘，

你並不知道，一個什麼樣的頭顱壓在你背上，左右你的
　　命運，
或許就是那個倒賣影子的八字，那樁你最愛投入的新
　　事物？
不正常的形體都多了些什麼，或少了什麼，聰明人，
　　禿頂，

快捷者有六條腿，極富彈性，狡童鳥鳴嚶嚶，逐日者，
　　被自己
扔下的煙頭燙得來像揉皺的粗布，更像髹漆匠補黑黢黢
　　的門縫。
我們在神話裡奮起，一個父親，帶著微量的勇敢，開弓
　　大嚼，

回到猴子的食物中去，他治水，種麻，紡織，然後，潛
　　伏下來，
變成一個飯局，變成一個不能自拔者，對著昂貴的鏡子
　　數皮毛，
你是射手，你是外來的葡萄樹，透過一株紅芙蓉，感傷
　　的鹽類，

能不能恢復這些記憶？能不能和這些掌紋一樣的雲牽線？
該從何說起呢──漫長的夜，偶而給你個假面，拭目
　　以待，
恐怖的蘭陵王，這些都不能讓我們更貼近地球的心臟。

　　　　　　　　　　　　　　　　　2004年，8月14日

邛萊行，地方小調

任何地方，都有群粗糙的壁虎在談細瓷，察言觀色，
如果是一只陶，敲敲，看聲音脆不脆，看印款，
專業瞳孔放大了又放大，但還是要看被憋慌的水準，
看做生意的人老不老實，看價錢與本地的癖好是否吻合，
這與別處雅集的古董們有什麼區別呢？我看沒有，
都可能是文明的離間計，卑劣的個人的殺手鐧。

掏耳屎，洗腳，毫無才氣的菜譜，牙縫剩餘的一點
文明……每個地方似乎都有這些地名，鳳凰山，
石板橋，黃水，沐川，龍泉驛，都是腐儒佔據雲端，
縣份上這些茶肆閒話，很快就會被本地的風暴席捲而去，
而悲勇者，一無所知的歷史的決定論，卻始終
想把「命名」作為一種「罪」強加給不參與喝酒的人，

（或許還有些幫會標準，赤膊，不學無術，
床上打滾，低智商，學驢叫，學公雞打鳴，
掌握否定之否定，東風西風紙老虎一類。）

總之，就是要讓詩歌變成螺旋體，變成前邏輯，
什麼是「前邏輯」呢？就是邏輯之前的邏輯——
有沒有前胖子呢？就是胖子之前的胖子，瘦子？
不是，是精神胖子？虛胖，東南亞大象——嗯。

就像說釉裡紅，青花早於元代，邛窯就有……反論。
不喝酒不是，喝酒也不是，不是加不是，結果，
就什麼都不是，就都要遭英雄唾痰，都是美男巫，
嘔吐的一群，在碎片裡辨認的酒仙，一會兒學古風，
一會兒學金斯伯格，接著是垮掉，然後是中年呼嚕派——

（呼嚕派還要分代，分民間，官方，分新小說舊小說，
那種口吻就像我在鄉間遇到的狂風吹，禍起新飼料。）

禍起過濃的蜀酒，居然記不得跨過什麼門檻，拜過誰，
就像不記得自己學過那門功夫，於是，胖子撿了個漏，
馬上就把「告密者」戳穿，「這下，你跑不脫了吧」，
你啥都說，唯獨這事不說，就像「反右」，讓你先說。
甕中捉鱉，罈子裡又多了個「詩歌吏」，過癮，痛快吧！

孰不知，他的推論就像邛窯的「青花」是一種虛幻，
不說「胎」，不說細瓷，只說顏色。就像窮鄉僻壤的
某座塔，稍斜，便馬上命名為「中國早已就有」——
　　斜塔。
神智混亂的一群，還在玩抓壞蛋，制度裡享樂著罵制度，
卻又不敢越雷池一步，比陳舊還腐朽，一邊吸跳蚤的血，

一邊咒罵跳蚤的生存狀態，這些邏輯都令人厭倦，
這些思想的皮包骨正好將他們肥碩的大塊頭污染。
離開這些裝怪的「老祖宗」，那可真是一種幸福啊！
看著他們成群結夥，始終在一公里的精神範圍內打劫，
難道我們還不反感？我寧可到小鎮上去辨真貨假貨，
那裡至少還有幾個「藏協」的人力所能及的在保護文明，
掛著牌子，圍著桌上的「畫花點彩」，談論六朝和盤
　　口壺，

大地的三尺之下，我們才挖到一個證據，才知道
一只淨水瓶和一只藏草瓶的區別，一根薰衣草
和一片雲的關係，和一個斷絕欲念的僧人的關係。
邛窯是唐代一切陶瓷的老祖宗，這點，許多實物才能
　　證實。
起風了，邛萊的小院子在一片青綠的藤蘿裡打轉，
那個方臉漢還想繼續說他兜裡掏出的斷頭佛，一個線索，
正在裡外張羅，瘦漢（藏協秘書長，——現在誰還爭呢，
就幾個可憐蟲，幾隻破陶瓷，不大像以前萬頭躦動的
詩歌公社，詆毀，為一枚印忌恨，或本質不是為了
印，而是，你的語氣與他不同）終於決定讓我看一個
晦暗不明的雕像，上面寫著「大唐」，「窯祖銘」等。
這可是件稀世之物，客觀，可見，能觸摸。最讓人
感動的是，他們用了許多時間來考證，行之於文，

並找專家來論證，留影，等於摁了個手印……，
其認真超過道聽塗說的野蠻人，不負責的認真，
將顯示一種惡果，一種假歷史，那就是恨——

孰不知，里爾克說過：敵意是我們最初的反應。

而這反應不幸地支配了一個矩形胖子，一個營養不良的
　　時代，
或許，還有個喊「狼來了」的人，他們特別喜歡儭以敗類。

杜甫在草堂喝酒，和月亮對飲，突然想到了唐代一種
可撫摸的質感，於是向大邑出發，到邛崍求一只白釉酒杯，
其虔誠恍若隔世，在路上，他或許就已知道一切堅固的
都將消失，很傷感，或許也是這般天氣，這樣的烏雲壓頂。
摩托橫穿，一架飛機滑出了跑道，封閉機場，弄得接客
　　的人，
以為飛機還在天上盤旋。狂風乍起，飛砂走石，巷子裡
　　有人
提醒，小心飛瓦砸人。我倒以為最要小心的是過時的「英
　　雄」。

2004

出
差

一只羅盤支撐著我們的內心，這樣，我們
就有了便於旅行的體質，非去那裡非到達那裡不可，
帶著異地的體臭，奢侈的口袋，和邋遢多毛的眼眶。

火車已提速到了不能再快的地步，飛機關閉了
所有的心跳，猜想幸運著陸，但你首先得想，
用什麼樣的禱告詞，是漢語的，還是印度螺旋槳⋯⋯

你很想有一個保險公司的巫師揣在褲兜裡，
但他卻並不富裕，而且，反應很慢，
尤其出事之前，或在你報告出事的現場之後。

你欲降落的城市，正揣著雙手，計算其吞吐量，
我們靠大聲喧嘩消磨時光，消磨航空二等餐盒，
想像北方一堆雪的呼吸，想像雲在本土的表現。

一束火苗正把歸鄉的安全感趕進餐館的鍋裡，
這些聲音一直被航空知識沉重地封鎖──這樣的旅程
我們好受嗎？安全嗎？那年未翻船──為啥今年何其多？

癌症病人⋯⋯不不，那怎麼行呢？誰能保證
他的動機就是單純的飛行，而不是向保險公司詐騙？
誰能想像，連排隊去體驗飄渺的世界也有善意的背叛，

我不能理解這些棄逃者，就像我們所不能理解的
集體的私房錢，或是蜂巢裡一向嗡嗡的忍耐力！
本世紀，每個中國公民都可以說：我去過，看過。

2004.6.20

貓協會

除了貓別無它想

——聶魯達

弓背如雲，爪輕似水……盡可形容，
他可不是個和平分子，他會咬老鼠，
尤其是碩鼠，尤其是那些居高不下的老饕。
哪個更可愛，貓，你自己——沒對手的老鼠？
都在灰暗的皮毛中微笑，所以，我從不養它，

養他就等於養了中間的一道隔離層，
養了白貓黑貓，吼鬧的，打噴嚏的，
就等於餵了一個膚淺的民族主義者，
口齒伶俐，變虎豹為動物的小兒科，
貓狗齊上，光看毛茸茸的數量就嚇死人。

養你自己就夠了。臉膛紅一陣白一陣，
似雲，如月，很會打招呼，擅長斡旋，
最重要的是還能從眼睛的眯縫中看時間，
算准，什麼時候出擊，充當第三代貓王，
和老鼠的誠實相匹配，膽量，誰用黑暗來秤？

誰更熟悉小小掌紋裡的坎坷？誰的皮毛，
對一個櫃檯來說更是上等貨？對門泊東吳的

那些雲而言，更像一艘船，更是一種魚腥味，
更像一鍋好湯，滾熱，酸辣，把人變得嘴饞，
即使舌頭有許多刺，也要舔這只受傷的貓民族，

堅持自己不是嚴肅的生意人。改變不可能的形體，
不如改變你目前的音調，你假設的某種敵意，
到房頂上去把自己的假面潑到地上來，說不定，
一下就找到自己的位置，渺小地摸到自家尾巴，
很謙恭地說「上帝就是恭順」——他信不信呢？

他只能傲慢地取暖，乞討，再試一試出口傷人，
以為這是正義之刑，以為老鼠就是落地的知更鳥，
貓為什麼不喜歡那樣的身材，總有什麼原因吧？
他頻繁地在一匹瓦上跳轉，屏住全身的呼吸，
學學他呢，看有沒有便於爬下來的梯子？

2004.4.18

陌生人軼事

The jar was gray and bare.[1]

越陌生越親切，親切的臉變灰，就像動物標本。
你隨便給我重複一條今天的新聞，陌生人——
比如，「布希騎自行車又摔倒了」，這我信，
因為自行車老是反戰；對於一個政客而言。

「《華氏911》在美國本土已賺了一個多億」，
這點我信，裡面的議員一問到兒子就趕緊躲開。
導演本來就是個半陌生人，還帶個「草綠色」的傢伙，
這恐怕是一種親切的重複，令人反感的叢林法。

我終於看到一個良心，一個陌生的美國人，
一個自由的美國人，員警馬上衝上去，彷彿
比徽章背後領館裡的阿拉伯人還要陌生，他趕緊聲明，
（以前，——沒石油前，哪有這樣的見外和必要？）
這是一個開放的地方，一個被雲開墾的烏托邦。

對於戰時的法律來是，陌生人，你就是把鈍刀，
你就是反恐符號學，就是那個被無辜輦走的人。

---

[1] 引華萊斯·史蒂文斯（Wallace Stevens）《瓶子軼事》中的句子：
「瓶子發灰而且暴露」，See The Collected poems of Wallace
Stevens，Ferozsons（Pvt）Ltd·1987。

我可以想像，航空港，海關佈滿了世界性的指紋，
每張臉都很陌生（你不能只記住串臉胡，阿拉伯
臉型），無論往返多少次，打多少啞語。

每個動作都記錄在案，當街提鞋，小心了，
陌生人──小心你體外的一片森林，黑頭罩，
狗不斷嗅你的冬天，你外出的趾痕，更何況
那比氣象圖更複雜的思想的影子，裸露的國家，

你將懲罰誰呢？一條巴勒斯坦漫長的邊境線？
注意了，越是引人注意的事物越是空泛得很，
比如雲，拉登，防毒面具，粉末，公車上臭烘烘的
重複購票者，只要重複，就可疑，就心懷叵測。

不大可能是富人怪僻所為，其特權已經失效，
這特權曾允許反復無常，今天，就是警覺的一分鐘，
你不可能有時間來改變你已發生的姿勢，就像鳥
不能改變自己的航線，衝向墳墓。你反復問某地方，

包括餐館，那可是危險的嘗試，很可能是一種抽象，
一種不可能的精神抗議，身體裡所藏著的水銀炸彈，
要麼就是多餘的糞便！陌生人，你要遠離金屬，
哪怕是複製的藝術品，它都會遇上敏感的心臟，

都可能遭遇一顆蔑視的子彈⋯⋯好了，這些形象，
構成了一種卑微的安全法，赤裸裸的強大胎記，
要麼你表現得很笨，要麼很蠢。不怕死的蒙面人，
這就是為世界今天所下的注腳，今天，誰備受譴責？

2004年，7月27日

吾父

爹的死猶如風暴，對此我早有預感——多年來，
很是囉嗦的他，開始舒緩著不吭氣了，含蓄的
目光，常駐留窗外，腦裡始閃過一生的小電影，
逢人便笑，謙和，為不存在的人事轉移注意力，
偶見鄉村白頭翁，便照鏡子，撣如霜的頭皮屑，

對渴望恆久的自己感到陌生，習慣了那些小錯誤：
比如儲存北方人參，基本是沒價值的「白蘿蔔」；
悄悄去買「古董」（地主的血緣裡都繼承了啥呀），
各朝代的舊銅板——但祖國的工地，成噸成噸地
被挖出來，每分鐘都在貶值，跟真貨幣命運一樣。

（只有一次他買到剛挖出的一罐「袁大頭」，另外，
任職煙酒站時求得些字畫，爹過世後，我看也就
只有四尺的「蘇葡萄」值錢，「秦山水」筆墨呆滯
還有幅「李延安」的書法，有求必應，面市太多。
我全給了小妹，讓她換些錢過日子，爹也會高興）

他善良地以為留給兒女，未來不景氣時可以翻倍，
派上用場；民國時，他跟一個連日本天皇也喜歡的
書法家習字，叫趙熙，榮州人，那方土地還出了個
吳玉章，但卻是個革命家，花了不少爹爹家的錢去
東洋幫孫文辦啟蒙刊物。事後家裡又覺著不大划算，

所以，也讓咱爹進城念大學，篤信革命，荒廢了
書法……現在，他也覺得不大對勁，所以晚年開始
接著練書法——趙氏已亡，毛氏也歿，老夫愛狂草。
莫名的約稿信，雪花般飄來，都標明「為了永恆」。
強調「印刷精美」、「世界隆重巡展」、「還刻碑」……

幾乎個個都可能是王羲之或顏真卿，字近石鼓。
想老人閒著，沒事，怕靈魂孤憤生疾，便只好
幫他付各種「發表費」、「刊本費」，總比藥費好。
返還總是厚厚一冊。據說老年書法家的聯絡圖，
還可再次轉讓變現，讓部分人先富起來。確實，

一筆遲鈍的老年產業，冠絕當時，養活了許多
混混。每想揭穿，父親都一笑置之。千分之一，
十分之一……只要有一次是真的，就不妨去想像，
吾父恐怕比雲岡石窟的捲草紋飄忽，比急就章
更妥當，蠶頭燕尾，也比北周摩崖的糊塗好看……

目標總算變得具體，有了一線生機和老來的虛無。
他還喜歡刻板地說「笑話」，故意「歪曲」口語，
若有言「今天曬褲子」，他會念：「兒始行曰孺子」。
他還拿保姆的廚藝——「冷凍魚」開涮。現在想來，
都是少年行為的「迴光返照」，人生打嗝恍若遺忘。

直到他枯瘦的屁股，跌入針頭再也彈不起來，
方知已熬到盡頭：「兒子，你看，這痰咳得
有多吃力」。大便也是，扣了四小時的肛門，
簡直就是地獄——讓人悲慘地去想，招搖的
老年也確非在溫柔鄉，都肯定「掛在破棍上」，

都會眼睜睜看著一頭結實的笨牛來與你作對，
朝你哞哞叫，對你說「嗯嗯」。革命頡頏時代的
痰液，經過數代人糾結全卡在那裡。我們不可能
遲鈍得一無所知，尚未察死神的尷尬。只確實
不知如何安慰他，減輕其幻想，要麼再多給些。

這是個凍結的死角。雖然我可以保持廣闊的
視野，但黑暗，這瑣屑的僕人，在旁邊卻很
恭敬，甚至謙卑，一點也不偏激，它的誠命，
像一道很瘦的陰溝，跟爹的骨頭偏鋒一樣，
死亡生前精確地模仿你，人如何能刻意抱怨？

這些吸痰器，不正確的聽診，誰能測？誰又是
亡命的總司令？希望跟恐懼一樣短命，讓人
還無法接受，因為這飄渺的鬼魂仍舊沒寄託。
我們如何等待——像等待昔日的搖籃和枉然，
這些撲騰的小病灶和肺，或跟幻想一樣健康，

而父親，他的呼吸卻壓迫心跳，連躺著也像
健康人一路小跑。那樣的節奏，也只有他
最年輕時在馬爾康騎高頭大馬時能比。照片上，
他戴皮帽，清剿土匪，臉上每根線條都很結實。
但此刻，卻像在床上折疊柴禾，就像一床薄被，
在氤氳的雲中，面目全非，漸漸冷靜地成為過去。

2006年，7月，19日

儺

象罔得之[1]

尋覓著，你便倍感無聊，像個半成熟的知己，
手腳伸向昨天──該不是正端著的那個偶像？
鮮廉恥又愛傷心，巧言令色，還特別的抒情，
拉長眼球（縱目人）[2]，能瞄千里之外的鵬程？
霜降下顎的電線杆，還是半隱於身的黃老虎？
舌頭能敵一隻蚊子？──翅膀卻來自仿生學，
但能敵衰老的時間嗎？無休止的仿崇高和悔恨……
你極聰明，永不會失算──最多，也就這樣了，
像城裡建的皮影中心，觀看入夢，醒來仍曖昧，
並沒有肥沃的山體夠你爬，何以能看得更遠？

寂寞無用時不停地數星星，盼拯救者，結果呢，
全是些大笨蛋，一個比一個壞，赤子個個精明。
黑膠油粘著輪子在大街碾人，封閉過時的傷口。
全這樣，於是，趕緊又逃回去換裝，看鏡子裡
剩下的一點血色，或只夠吆喝身邊的騾子推磨。
機靈鬼打瞌睡很厲害，很快就山寨出一個你來。
搖身一變，也是一個玉專家，賭西北的石頭非

---

[1] 引《莊子·天地篇》。
[2] 蜀地三星堆文化中的神人造像多有眼球凸出的縱目人，據說是古時的千
里眼。

俄羅斯的進口料。你擁抱過許多前進的幻想：
比如，「父親」失言，兒破繭；比如傷患
纏得過緊，便開始在紗布裡搜索全身的營養，
然後，現身上流社會，看圖識字，敘好出身；
又比如，扮演疲勞投向大海，浪沫滾至舌尖，
一生便不缺鹽分。待在外省，還能守住寂寞？
還有，老鼠在地球鑽窟窿，轉著轉著，就成了
能說會道的捕鼠者，還會給你犀利的牙腔⋯⋯

但，你用它咬過鐵絲嗎？穿透過自己的不潔嗎？
叢林法則，熱鬧時就要換心情，你卻跟在哥們
屁股後面，一聲不吭，然後，迅速洩氣。大概
你以為還是舊臉蛋能有更多的熟稔貼近、忽悠。
擎著攝像機去錄製過氣的人，恢復並不美好的
記憶。現在，即便要作農夫也很難——你不能
再刨螢火蟲的祖墳。誰都可以患時代的健忘症，
至少今夜你的睡眠，可能會是一個不錯的計畫。

2006年，8月25日

中國歷史滿溢著肥胖的起義者。[1]

活潑的胖僧開始從寺廟出擊，蠻有人氣！功夫所迫，
讓大家一點點地取暖，誰也猜不透這體積，繁榮得
像唐朝的白馬寺，推心置腹，收各地臃腫的弟子。
師傅可能要背心訣了——就像說：可能要解體了。
山體雖窮，卻還坐擁細女，跨過貧富懸殊這關——
怕銀行壞帳，進入衰退期，但，祖國，會想方設法
讓窩囊廢全混過。公投文本，德里達也讚歎，他
還從未見過，漢語那不易發現的天賦，瘦削也大。
寵物豬寫新籠子。亂七八糟的腸胃，先吃素菜，
然後，夾雜點百姓受難，外面即可授勳。像耶穌，
先被誹謗，然後誹謗……最後，彼此掏空。民間
似乎還有許多冤屈，一個出租司機的局勢，邪惡地
關心著下屬。你好像還有個端正的上司，所以呢，
雖投佛無門，仍舊能重溫你那一派堅強的反叛資格。

2006年10月23日

---

[1] 埃里亞斯·卡內蒂《蒼蠅的痛苦》第五部分，陳東飆翻譯尚未出版的稿本。

這不是英國，法國，也不是愛爾蘭。[1]

影展。一個點香祛黴的畫廊，象罔在圈外倍感迷茫。
結果，來的幾乎是圈內人，彷彿化妝舞會，點心，酒，
乾癟的「前衛錄影」。熟人從電話衝來賀電，偶然的
　　朋友！
連那個恨的人也跑來了──昨天，她神經兮兮搞了點
　　贊助，
臭烘烘的叨著煙，想教訓攝影師，以為是個獻媚的集體，
就像一部蠢電影，殺人侍衛來了，太子黨還軟塌塌跳舞，
戴面具，自殺的真來了！──無助的恰恰是愛尋短見的
外省，它被翻新的瓦拆毀，行為主義一見就想包裹它，
賄賂也是這善款。除了半調子的搖滾，都不接茬，索性
放棄贊助，但她來了：「看你們好失敗」。她看的其實
也是形式主義意外的自救。未得逞，便像網蟲蟲開罵：
奸商，攪屎棒……。生活充滿未料的驚喜，──其實，
攪屎棒並沒失敗，只是她不知如何善待自己，醋勁大發，
卻沒看到另一個集體的內臟，當街吃零食，耍小動作，
就為燈火爛姍。其實，罵，有時偏激還是一種摯愛。

200610月28日

<hr>

[1]　引自普拉斯 (Sylvia Plath) 詩集《冬樹》 (Winter Trees) 中的《停
　　止的死亡》。

海內知名士，雲端各異方。[1]

小心你的關節，小心你的痣和下巴，又脆又尖。
小心駭客攻擊你，拿你的手驗血，並散佈流言。
要想區別一條隧道，好難，在另一個不乾淨的世界，
就像在運動中，想瞬間分辨一個過分花哨的動作，
一個球的弧線，對你膝蓋下手，結果卻命中根部，
你大叫，這是運動的一部分——咬緊牙，拍手。

這裡不同，病歷把人群壓扁，單薄得像一些紙，
折疊在椅子上，等候帶中藥味的白天使的翅膀——
在「單行道」[2]，天使穿針引線，收取各種費用。
寂寞的單身……但這裡，你被匿名的「愛」抓住，
不打照面，只有一個影子在保護自己，安慰著，
想逃，但死神和生者隔著計量杯，使勁搖晃混合。

直到喊你就診，無辜恍惚醒來，醫生已寫滿了字，
多與內臟相關，在一群奇形怪狀的立方體中排隊後，
你會像一支壞了的水龍頭，去親切地稱「羅醫生」，
他讓你看應該他看的醫書，讓你臨陣磨刀，知道
生命受了威脅，明白醫術何其難矣，比書描述的

---

[1] 杜甫《寄彭州高三十五使君適虢州岑二十七史參三十韻》。
[2] 成都市一家酒吧名，主要是男女交友的場所。

準確，──而我只關心門，何時關上，陽光何時
把他也變成取暖的肉體，一根體會很深切的穀草。

幾隻麻雀，在空蕩蕩地白大褂上停了停，拉拉屎，
藍色針管，隨著驗血升至絕非數字能平衡的位置。
舊人新鬼，不是你來定，也不由他們──鴨脖頸，
來論口味，來解釋不該發生的運動──暴力診斷。
我們常相忘男性女性，就像忘了抽屜裡的藥引子，
病「豬」不該操心貨櫃上的皮毛，或該小心關節。

2006年11月3日

除了走路就是讀書。[1]

告訴我怎麼做就行了。怎麼出發？偷閒需突出什麼，
有無必要咀嚼那飛行的標題：「預熱的無神者」？
旅行社的王先生，已制定了路線，肯定，而且反復。
他解釋說含有百分之多少的燃油稅。而且，地接社的
導遊已全被用光──「其實，是你們太少，沒利潤」。
最後，你發現，金邊機場仍要收25美金[2]，過海關時，
那人對你笑一笑，然後伸手──當然，你明白啥意思。
所以，一般來說，紙上的路線，最終都是要給炒掉的，

---

[1] 蘭姆《讀書漫談》。

[2] 柬埔寨首都。

它慷慨產生就是為了被小心破壞，主要是看怎麼開始。
如果不隨團，所付出的代價就是比別人多花些錢——
而你唯一的自由就是不要想值不值得，並檢討動機。
剛一登機，座位會彈出地圖，讓你回味所有的路線，
結果最難的不是目的地，不是乘什麼車，安全的空客，
而是帶什麼書，實用，又解悶？這才最難，相當於
人生邁出至關重要的一步，錯了，無法彌補。若懂得，
也就懂了精神瘦削法。旅行嘛，終歸南柯一夢——
最後不過是激起你哈姆雷特式的返航，與衝突開玩笑。
我帶著《奧吉·馬奇歷險記》[1]，精裝本，出門的書
絕不能是寒酸的絆腳石，要經得撫摸，有一定的重量，
能吹毛求疵，很像後來邂逅的英國老太太——衰老而
精緻的簡愛。她掛著一架望遠鏡——為什麼不是數碼？
這點令我好奇——或許，她只是來看自己的一個願望，
了結前面的事，而非為身後的記憶。老樹根都蜷縮在
植物學家的瓶子裡，適合幻想神祕的獨身，或困難的
結局。其實，我們在各地都很舒坦地忍受很小的損失，
錯誤的付小費，讀錯菜單，記錯出發時間……書太厚，
枕頭卻很薄，我們蜷縮在杜撰的面積裡，取悅風景。

2007年2月26日

---

[1] 美國作家索爾·貝婁的長篇小說。

我們不工作，怎麼生活呢。[1]

廣場剛經過混亂，他也剛死（誰，——沃倫[2]，某詩
　　　人？），
二十年後我才看到尤其小說改編的電影：《國王的人
　　　馬》[3]，
我才讀到「亞洲銅」[4]，深埋地下，等新的考古學來消化，
至少浪費掉的不是他們。他們沒在這個國家，在另處，
其話題是阿拉伯的石油和那個不聽話可能會被消耗掉
　　　的人，
卡斯楚，已老掉，威爾斯，他是另一個切·格瓦拉嗎？
那麼多名字，誰像波羅蜜很甜地侵入唇邊記憶，消耗掉。
消耗掉一點，就像漢堡包多消耗調料，番茄辣椒麵之類。
手指頭在時間中剝著軟塌塌的香蕉皮，吃掉，然後亂扔，
一個人踩著它，——他不幸地浪費過許多時間，所以，
他會不惜再摔一跤，儘管憤恨。沒人真正地恨過自己，
即使最蠢的時候，浪費，頑皮，像刺蝟將人民錐痛，
只是費心思說說而已。早晨就這樣一劃而過，像匹馬。
幹些相同的事情，內疚地看盜版碟（即使在偏僻之地，

狄更斯《大衛·科波菲爾》第37章。[1]

[2] 羅佩特·佩恩·沃倫（Robert Penn Warren），美國第一任桂冠詩人，
　　1989年去世。
[3] 沃倫的著名小說。
[4] 於1989年因自殺身亡的中國詩人海子寫有著名的抒情詩《亞洲銅》。

2
5
3

比如瑯勃拉邦），消耗更多一點時間，權作乾淨的污染，
許多無聊的好萊塢，只能看個開頭，然後，像扔垃圾。
四出尋工作，屁股輾轉磨掉一點，朋友造訪消耗一點。
讀一些書，小道消息不斷傳來，都是關於消磨祖國的，
比如某某在哪弄了筆錢，永遠都是；或，誰又說了誰，
責怪的角度；比如，他們過去在一塊很好——空氣卻
越來越惡劣；某人又因某人是頭的情人變得次要起來。
羅馬鬥技場為全球變暖準備關閉幾小時，並非告慰，
而是為了短暫的靈魂，只害了幾個汗流浹背的觀光客。
於事無補，也只是種態度，所以，美國就決定不浪費
這幾小時，它的態度被熱改變了。在某港口，消夏者
裸了整個下午，很快就會讓亞洲變得炎熱，相互消耗，
快速蒸發，一個宛若星星的亞熱帶車站，空無一人。
樹葉計算落地時間，一不小心，便有人像臭魚拍照，
眨眼製作出帶你肖像的盤子。大家都去巴肯山觀落日[1]，
好像也非真看，而是出於習慣，像胚胎不斷地重複。

2007 年 2 月 27 日

---

[1]　巴肯山是吳哥古跡景區內的一座山，上有巴肯寺，著名的觀落日之地，可遙
　　瞰洞裡薩湖。

他們的話含混不清[1]

最有意思的策劃師就在我們身邊。他蒙著臉，辛苦地
　　開價。
你認不出他，所有的人都在開價，或許就是你本人，
只要有個好想法，摸摸嗓門，那裡就有個異常腫大的
　　喉結，
鬧鬧吵吵，像只準備霸佔地球的蒼蠅，或是拉屎的蜜蜂，
不停嘀咕，攤開各種圖紙，筆，線條，箭頭，計畫書，
偶而也做市場調研，百分比之類，更有說服力，搓搓手，
用紅外線指示筆引導我們在可擦洗的黑板上打開豐富的
　　包裹，
或許那個包裹本身就用不著打開，看那些浪費的土地，
在香格里拉，在郊外，我就見過這樣的土地，策劃師都來
指手劃腳對本地人說，這裡真好，而且，值得風光無限。
但此地一年十二個月有一半的時間是冰凍，連勞動的豬
都圈在裡面。策劃師身穿高級戲裝，注意行頭，傲慢，
還有個大舌頭，光有大舌頭還不行，還必須像肉彈簧，
必須是個機靈鬼，神侃，把三國說成美國，中國，俄國，
把莊子比喻成烹魚的，一跳一跳的……。策劃師並沒
　　預見

1　引自曼德斯塔姆的詩作《路德教徒》。

股票漲停，只鼓舞老鼠吃大米。今天，為一個老大姐的
奧運會廣告，又不得不開始幫著幻想──有人要舉火把，
一口氣從雅典跑到珠峰，一勘世界地形。根據這點，
我們設想了「巔峰行動」，不直接跑，兜圈子，由一幫
自駕車胖子始終在周圍護駕，調來德國第一代房車，
誘惑想在豬年結婚的人搞「巔峰婚禮」，攝影，烹調，
菜譜高歌，戴白手套，背景是珠穆朗瑪峰，雖然缺氧。

2007年2月28日

天下皆知美之為美，斯惡已[1]

一個小青年牙醫，穿白褂，手上全是鍍鉻工具。
現在，城市裡，有很多種來路不明的神仙醫院，
都是一個套路：「你有病，可以治，錢很貴」。
內容堂皇，玻璃反射著對面的郵政局，一幢老建築。

我們害怕一種陌生的病拖得太久，那裡全在排隊，
把耳朵湊上去，驗血，或是聽一個「肯定」的聲音，
全都悄悄溜掉，那個大樓裡的門診醫生真好當，
小老頭，會不會是戲謔模仿，你要善待人生。

---

[1] 老子《道德經》。

我不得不把牙露出來，很多年了，現在不行了，
開始，就因為年輕，晚點，再等一下，好了——
這個惡果它是咽不下的，那是在什麼地方？
黑黢黢的撫順[1]，煤，給爐子一種信任，所以，

我們叫它煤城，或者是果城，鹽巴或糖的搖籃，
太大，這個地區，全都是，一擁而上，顧客
只有那麼一點，牙都稀釋在不信任的空氣中，
什麼都可能被酸化，只剩些金屬材料，鈦，

含了些金，誰來驗證，可不可能用衍射儀，
做做拉曼光譜？——對玉，我們可以這樣，
但是，對被遺忘的壞牙齒，有沒有必要，
所以，就算他是個愣頭青，擅用鐵鑽，

我們也不妨嘗嘗，沒人明白這些肉凍，
也沒人能搞清楚這瓶礦泉水是不是安全，
既然，這是一個塑膠的烏托邦，不妨再試試，
敞開門牙，漏風，用一個模子替換你吃東西。

2007年3月19日

孔子：賣掉，賣掉，我在等識貨的人。[1]

他們都姓李，中上之人，他們聯合起來要收這批玉。
本屆奧運會除了幾個毛茸茸的小搗蛋──熊貓娃娃，
就是金玉鑲嵌，一個金面具，幾塊玉玦，長的分叉
叫「丫形器」，不分叉叫「柄形器」，古人要幹啥，
弄了這麼多令人琢磨不透的玩藝，拿在白皙的手上
嚇唬小鳥，小鳥卻是我們的神，救命呀，直到現在。

有了商代的玄鳥，才有了這個高稅收的國家，
有了橫亙在我們四周的大山，有了這塊土地，
這種沉悶的發芽。我們挖它，很多人篩淘它，
這個不大不小的簸箕神，才把它的玉貢獻出來，
我在越南也見過，更不消說地礦師命名的龍溪玉，
其實就是透閃石。但我更喜歡蛇紋石，開門見山，
沒有人會為贗品去綁架這麼醜陋的石頭，每日從
鬱悶的岩石堆滾下來。開門見山，確實是真貨，
它的皮襖就是所含的酸鹼性，其光澤就是折射。

我們常常把這種折射看作是某種價值的折射，
所以，我們相信，精髓自該不同尋常，猶如芝麻開門，

---

[1] 《論語‧子罕第九篇》：「子貢曰：有美玉於斯，韞匵而藏諸？求善賈而沽
諸？子曰：沽之哉，沽之哉！我待賈者也。」

這些炎熱的傢伙，整天在絲綢裡泡著，而且，決不降價，
玉琢成各種形狀，各種各樣的名稱，就像我們的姓氏，
不絕於耳，琮是最常見的，然後是璧，上面雕刻著圖案，
誰也說不清用的是什麼工具。這時我們開始關心工具，
平時誰關心過這些（除了毛大爺），關心麵包師用的
　　模子，
但這決定著它是不是玉，是石頭，還是次生岩。

我們甚至發現了一種新礦物質，在一隻青銅罍上，
用理工大學的衍射儀，它能在幾微米之間掃描，
就像我們在自己的肌膚上剛動了馬上搔癢的念頭，
或者是坐立不安的螞蟻，連它們也欠了一屁股債。
有個傢伙很虛偽，它不僅半退貨，還支使熟悉來
旁敲側擊，又蠢又笨──好像誰在迴避，反讓人
覺得那傢伙是自告奮勇，顯得正直──其實，他
也不過是一直在瞄準有錢人，挨著他們，做出
好像一貫「滿不在乎」的樣子。是的，看得出，
他是「對神」，就像倉庫放糧的漏斗，接得很準，
而且，發誓要一輩子對「內行」保持信仰。其實，
所謂「內行」，也就是看與窩囊廢熟悉到啥程度。

所以，夫子曰：中下之人，不可語之，但如今，
中下之人，蜂擁上門。他們老端著臉說些廢話：

誰，誰，誰箱篋裡有只祖父傳下來的釉裡紅，

誰誰誰賣了一個玉鐲子，廣東一轉手就變成美金，

甚至偵查員們從香港反查回來，抓了幾個貪心的小販，

他們什麼也不懂，全憑膽子大，男人要致富就走險路。

城市裡全是爛尾樓。有「藍血公司」開發大樓盤，

專門請譏誚的風水師來設計空間，好賣，出租卻困難，

誰做誰虧，最後，——另一個「藍血人」再收回去……

全是預謀，和玉的精神相對抗，玉並非潔白無瑕，

它只潛心折射一種顏色，讓你看起來不是一個空殼，

不是一些膨脹的巨無霸，或一些破破爛爛的貨櫃。

2007年4月21日

他此刻的心情是興奮的，想法是惡毒的，「可一定要牢
牢抓住這個機會，因為它來得正好。」[1]

小心翼翼設防，很多人，在車管所繳費驗證廳，

穿梭往來，黑皮包，都很滿足，而且脹氣，煙頭亂扔，

很像洗臉的蜘蛛，翻過一朵雲似的煙灰，然後唱歌，

唱什麼不重要，興高采烈，最終會跳到自家的地盤，

1　陀思妥耶夫斯基《卡拉馬佐夫兄弟》第七卷。

明白自己的身分和位置，移動，隨著這特別溫馨的時代，
連蜘蛛也頗有預見的時代，恍惚，很高興。各種車，

牌照無法預計，號碼，都想有個吉祥數，忌諱「4」，
為什麼不把「4」排除掉呢，大家都高興，很簡單，
問題就在這裡──我們必須有個風險，有個規則，
有個害怕中的意外，必須有根「刺」在肉中擔綱著，
就像玻璃透過它可以看到世界，但它隨時會破碎，
得看指紋上的運氣，是不是籠兜。只有很少時間

讓你按確認鍵，跟禁止的老虎機一模一樣。
你沒法思考，對於機器，大家都在賭，賭贏了的
是一個「8」，如果是斷掌，則是呆頭呆腦的驚奇。
興高采烈地問，大聲地問這訪那，顯示掙錢後的耐心，
其實，沒有一個真正的耐心，都是雞窩裡的導火索，
看是什麼塊頭。人滿為患，為安全，你必須買紅色的

警示牌，就像你必須初一吃齋飯，為了一年的安全。
就像傳說中的動物，必須吃「自死之肉」，腐爛的東西，
周圍的一切才能保存下來，這就是我們說的「迴旋」。
在這個迴旋的世界上，我們能不能做到沒絲毫的血腥。

當你買了新車，當你行駛在乾燥的土地上，暢通無阻，
許多人下了檢測線，呼嘯而去，像武俠小說中的高人。

2007年7月3日

在你那裡，一個人的靈魂，就等於悶蘿蔔的價錢。[1]

我知道你們接受什麼，不接受什麼──因為，
我傷過你的心，或，你只是想像我怎樣傷害你，
把它當做事件，說話聲音大了，或喋喋不休，
都可能是飛機上危險的苗頭，你偉大的報復，蔓延著，
甚至寫感傷小說，──那都是個套子，舒服的外套，

在規定好的路線上，猶如喪家之犬，你買只透明鳥[2]，
上電池，然後看它的內臟，報復也是一種昂貴的消費。
很多設計師就站在你面前，其命運和你的命運交織，
不啻一個，──但，你以為是專門為你，微笑，體貼，

用帝國的老練，真的值得，一個禿頂的長腿爸爸，
一個胖子，處變不驚，上下披掛全是名牌，記得
為了一隻遺失的手套，（那個女人）她勞命傷財去找，
不惜成本，成本是套裁的，很合身，小戶型，紙盒子，

---

[1] 果戈里《死靈魂》，第五章。
[2] 宜家商場中有種玻璃鳥，是設計師斯金納（Ｓｋｉｎａ）設計的。

你都想到它設計的漂亮，它的杯子有臺階，免得下滑，
克羅米籽把只是寬一些，還有轉角，寬泛而有理解力，
而你就以為這是種報復。所有「漢尼斯」床墊都可試身，
躺下來，想想這乾淨的世界，烏托邦的局部，很享受。

我們的家裡到處都是柔軟的墊子，掛滿雪白的紙燈籠。
一百個開關，耗費你一生的時間，五彩畢具。最後，
你不會記得這一切都打了折扣，恍惚如雲。你的耳朵，
被高級的打孔機穿了許多孔，惡盈滿灌，愛卻沒跟著，

只是一些黃臉婆，像灰老鼠和布熊倒掛在網兜上。
你步入輝煌的臺階，點燃全部的蠟燭，再見了，
無聊的火焰，精緻而沸騰的溶液，潑在這城市的頭上，
你只是進去，出來，命運就是那些鋪在地上的黑箭頭，

中間是大把的虛線，省略了什麼你並不真正知道。

2007年7月12日

白夜

趁活潑的講演還未私奔，先繃緊腳尖和心跳，
連何種姿勢都還沒想好，甚至，連剛縫合的
鈕扣，還遺落舞臺，偷香的紫紅還滴在唇邊——
先就有暗藏起的。左邊，有個貪杯的想使壞，
（白銀時代，莫斯科有個業餘特務，為撕碎的
黑名單威脅曼氏，見了他便掏槍，卻並不真
掏出來射擊），右邊，氣喘咻咻要重創，而且，
像狗一樣咬定，無非想讓「壞」顏色變深些，

變得截然相反，變的沒酒喝，變得沒人氣，
唯唯諾諾，一臉菜色……但，只這迷你酒吧，
如何秀得開？確實，他們受過些苦，所以，
喝酒的姿勢也像受苦，獻媚放狠話一個模子。
這才是變性的俄國人，佯狂的芭蕾奇才，結果，
不來氣遇上了「果汁派」，爛醉的興趣頓失——
這下我明白了，要整天廝混一塊，才不會有死角。

可以隨時嘻哈打鬧地把厄運給予糾正，不讓座，
全看當時喝的狀態，噁心的同志，黏到何種程度。
就像一個傳統英雄需要一個叛徒，一種阿拉伯
需要一個黑袍寡婦。但如果鸚鵡的籠子，在你
並不怎麼危險的身外，只是渴望的「虛驚一場」，
那場戲就很辛苦，過於彎曲，不亞於窮漢假寐。

其實，「白夥食」的守則很簡單，——就是喝，
或不喝，他們自己也坦白宣告，一生的浪費就是
酒肉穿腸，但，他們也有很「文化」的一面——
仔細地記流水帳，且分行。酒吧未見有半開瓶的，
也未聞「夾生飯」，商業絕不會允許煮夾生飯。
大家都很忠誠的那個時代，更不許夾生、逃單。

戴紅和小酒販們按月客觀清賬，結果發現泡沫經濟，
熱鬧的場合都是一些空瓶子，實際上並沒喝多少，
還不乏借醉逃單，只有三朵裝飾的「塑膠雲」挺著。
座椅淺灰變深藍，招貼牆頭逐年增加，往來穿梭，
外地人慕名而來都嫌小，淺酌兩杯便轉移「小酒館」。

即便如此，山姆大叔發表內部報告仍然說：「白夜」
在中國所有城市是最有文化的酒吧——就是說它
人才濟濟，風度翩翩，名人雅痞，都要置身其外來
體驗，黏一黏詩歌仙氣。暈乎乎的酒神，也把門檻
放得很低，能逃過片刻茶水，能發前人未發的牢騷。
逃進夜幕下的酒吧，就像遁入白天的盥洗室，喘口氣，
看自己的鼻子像不像螞蟻，慟哭的失眠症晝夜交替，
新朋舊鬼，難滅幻想的奇景，也逃不掉爛醉與宿命，
隔年來望望氣，自掏腰包，然後，挪挪陰影下的屁股。

2007年，5月29日

老佛爺乘火車

時間應該是光緒某年某日——紫禁城。

好熟悉的小李子攙好老佛爺去看那朵恐怖的
最後盛開的梔子花，白色，樹中有大片空隙，
在那裡，她剛好卡進去，事關重大，不管長指甲
是否過分地消耗白銀。大顆大顆的星星，落在

那片頹廢的西洋景中，現在就像碎石場，
像她年輕時描過的雙眉，像剛剛去世的
男高音帕瓦羅蒂，——他緊緊捏著的白帕子，
還有在後臺每出戲必須意外揀到的鏽鐵釘。

全世界都在傳播這一消息，詠歎調
在旅途上，我試圖打開熱鬧的網頁，
想聽聽這個大鬍子的過去，無奈是啞巴，
上帝在這一天認真地撒下了他的版權頁。

木板上釘釘子，誰也逃不掉，即使老佛爺
即使是高音，或其他低音，都預留了一個孔，
讓黑暗穿過，讓一個鄰居記住你的音階，
讓一個形象更時尚，更願意反悔，或普通點。

我們都必須有自己的酷愛，一個牙齒閃爍的
洋娃娃，活動斑馬頭，繡花鞋，能模仿我們
自己的鸚鵡……，我的至愛，不是毛茸茸的
玩具熊，也不是尖酸虛偽的庸人，一道門拴。

灰色的老房子裡有很多輛仿古馬車。
至少是修復的，有人說這是翻新如舊。
在平遙，我們就遇上了這個龐大的古董，
有人叫它非物質，有人說它就是物質。

怎樣改良這列火車，我們的廟堂，
至高無上的煙囪，這個平庸的通道，
怎樣能包容一個倉促的粉紅色的桃子。
誰都知道那些留黑票的夜間執勤者，

那些靠著熟悉的面孔卡坐在臥鋪中的人，
吃麵食發胖的北方人，唧唧咕咕的小偷，
一旦被抓住就得冒被推下火車的風險，
還有那些鐵路的指揮者，扳道岔的黑臉漢，

按回避的規矩，他們都得低頭，而且，
必須是一篇盲文，在跪下的一瞬間，腦袋

空茫茫的，不能拙劣地想像一個老婦人，
怎會有這白皙的皮膚，但他們怎樣揮旗，怎樣，

用他們不識字的拇指添煤和避免撞車？
然後，她的鑾輿，怎樣越過臭烘烘的車廂，
進入這道門，歐洲的設計師當初並沒想到這點，
一個人趕火車，其帽子和肩胛骨超出了它的範圍，

她皺眉，勇敢赴死，到蒙古老祖宗的發源地，那裡
有片更寬敞的宮殿，有她當年踢開朱紅大門的腳尖，
多年來祕密地在那裡醞釀著人生豐富的感情，美麗，
一個老婦人怎敵得那用各種炮火限制個人空間的聯軍。

她所習慣的窄門，不是在火車上，而在宮殿裡，
在隨口吐痰的玉米地裡，在一匹馬的碾轍上，
誰用她的額頭去碰碰越來越多的西洋貨和繡像，
就會察覺，更多貧困的故鄉在真實的玻璃後面。

2007年9月23日

小人物的巨大快樂

和藹與快樂，還是和藹與快樂。
平原上的小人其實和大山一樣高，
那只是種喪失尺寸和挑剔的個頭，
而非實際高度，失去的是理解力，
是照亮鼻樑的眼鏡和受傷的靈魂。

其實呢，每天他們都揣著鏡子，
那裡有一盆湖水，還有準歌手，
但他們卻不能看見響亮的喉嚨，
自己的短見和嚇唬進步的優勢。
他們飛行，像小麻雀嘰嘰喳喳。

心不在焉地跑到偏僻的小縣城來，
那裡有個村支書頗有創意和搞法，
能讓靈魂朗誦，讓小額鈔票升值，
讓和諧的縣城享受普遍的語言之美，
讓春天的桃花開滿落後農業的細節。

這裡有個李調元，於是引來更多的
李調元，和古人共同打造舞臺知識，
但支書暗中翻的是記帳薄，是明天
另一個山坡，或者樹林，安詳，寂靜，
寬大冷冰冰的面孔能真正喜歡什麼？

這就是每年一度的詩歌節，其實，
這很像電影葬禮，各種角度聚集，
各種人，心懷鬼胎，出門掏耳屎，
看有沒有搞頭，看你南方，朝北方，
能獻什麼殷勤，以及快樂的普世哲學？

能不能一步逍遙抵得天堂的一百步——
我看不能，但綠蔭下的與會者認為可以，
要不，他們還能缺了空氣和樹葉的復甦，
或是一種躲避枯燥的藉口，文人踏春，
從唐代開始，攜妓登高，從本世紀出發。

2008年3月18日

遠方的消息

驚人的暴動，誰又奮起了呢？
這個熟悉的諺語，在大山徘徊，
在鬧市被封鎖，一顆顆的玉髓，
在耳邊匿名，讓人忘記了出門，

忘記了速度更快的帖子密不透風，
早已把嚴重缺氧的照片一一剪掉。
黑色的老鷹從貧瘠的天空倏然劃過，
稍帶的只是些走過場的會議和商討，

但對另外的游牧族又有何幫助？
他們只相信移動電話和馬的奔跑，
走私的歷史課程，高大的外來者，
還有賭博喝酒的方式，——所以，

一落地便會斃命，被遺棄。
怎麼辦？肝腸寸斷的使者，
正從平原超市回家的祝福，
怎樣才能打探到高地衝突，

這些憤憤不平缺氧變形的肺結核？
儘管他們在這裡也買了不動產和股份，
但在心裡是不安全的，隨時會凍結。
發達的喜馬拉雅，仍愛穿臭烘烘的長袍，

仍然要用小刀保衛懸在腰部的發動機。
耍陌生的小脾氣，表明是啥也不懂的異族，
以為這樣，「橫蠻」就能暢通無阻，就能
置身燈光複雜的交叉剖析——說實話，
這還只是舊時親王一種類似任性的小鍋菜，

夠誰吃呢，如果這是一個偉大的堅韌？
他能放棄嗎？他能衝出灰老鷹的包圍？
他能受世界的影響，而也能無動於衷？
這一小時的航空，應該麻木地投放何處——

這都是些不得要領的處置，隔離著冷漠，
都不能形成交通要害，儘管，西部已跑著
帶氧的列車，藏羚羊也差不多捕殺殆盡，
我們卻絲毫也感覺不到至少緩和的天空，
誰能挑出更多細節，說明這不是一個詛咒，

而是幾千年前一場人類學的誤會？
風乾的動物殘骸飛跑著是健康無菌，
格薩爾王的飲馬泉也沒有一瀉千里，
在牧草深處將未遂的奔跑封鎖撕裂。

2008年3月17日

伊斯坦布爾鑲嵌畫

拋棄了我的賭氣，拋棄成人的樣子，容易過敏。
我跟著過了歐洲橋，釣了一條亞洲的魚──
魚餌也是亞洲的，湛藍的海水全是白花花的水母。
拜占庭，他飛離的時間恰好也就是我降臨的時間。

大家說好了的，只是經過土耳其……但最後，
伊斯坦布爾成了歸宿，因為埃及又鬧了革命！
奧斯里斯因為伊西斯又感覺到了分裂的腹絞痛，
無花果是不是含了民主的清潔劑，有效而猛烈。

文明的遊客全壓縮在航空港，暴斂所有的照相機。
這些相機，剛拍過太陽神，還有隨我從故鄉預先飛出的
玄鳥──尼羅河的影子。我本想去看圖坦卡蒙的「彤
　　日」，
或「殷」的春分之妙，是否就是沙漠溺斃的那些閃長岩。

我想看看荷馬的黑色快船是不是到過這裡，
或我們家鄉的泥鰍，彎成鐮刀，悄然無聲地
演變為這裡一幅著名的石板畫，兇狠的酋長，
舉杖要打擊的也不是外來者，是摩西的罪人……

但，未等這一切發生，博物館旁邊就燒成了一片。
人人都在問：「世俗革命，是不是就這樣？」

士兵守護的金字塔，顛倒看幾乎就是籀文的古「帝」字。
哪個掩埋其中更像法老蔑視人民，穆巴拉克、卡紮菲？
「革命的時候，革命第一，來了拿破崙，便拿破崙第
　　一」，
然後，是軍方第一。拿破崙還順手從埃及偷走過方尖碑，

也就預先劫走了西方主義的聖甲蟲。我在伊斯坦布爾
也看見類似的方尖碑，在世界各地的土坑裡委曲求全，
在貧窮的路口猜測著一條腿、兩條腿、三條腿……，
楔形文就像我手裡的甲骨，咋描繪古代自由，啥模樣？

甚至，我口裡都還沒來得及習慣說「中東」這個詞，
還沒來得及窺破拐杖的用途，或那些正顯露的瘸腿，
那破碎的雕像，便已世俗化得來更像催命的茉莉，
最後，也肯定只會剩下東方和西方的「安靜貿易」，

就像電影的蝙蝠俠欣賞抽鞭子的「貓女人」。貓咪。
土耳其，利比亞，敘利亞，也門……黑色的白色的，
長槍黨，斷頭僧，聖人……都是煙灰缸裡的斯芬克斯。
都是一個世界注射另一個世界的強心針。能呵斥嗎？

能殘喘嗎？醒來也只會剩下一個不幸的辭彙——破壞。
石油之魂，或阿拉伯之「ka」，只從富人的皮夾轉世，

窮人照舊長袍蒙面。在古老的大巴剎，種子或很空曠，
但我很懷疑這些迷失的空曠，能否排遣他們的憂愁？

我得去問一問敖爾罕・帕慕克，看他還相不相信？
我剛讀過他的《伊斯坦布爾》呼愁篇。我不大相信，
對罪惡，他一言不發，像柯布西耶，見拜占庭失火，
對毀滅的建築本身毫不關心，反當做文明的燎祭。

我更不相信那些旅行社。他們在世界各地舉的小三角旗，
都是騙人的風光。惡風行！該看的，好吧，給你十分鐘。
開羅博物館，啊哈，幾具乾屍，玩具兵，給你一小時吧，
要知道，死亡，騙子，根本不用研究，都會飛起來吃人，

簡直就像橫布歐亞大陸無數古老帝國的小商販，
其花招就是串抽象數字，微型辯證，招搖過市，
或運用整個地球的地貌來形容一個具體的地形，
把每種物質都翻個底朝天，實際上卻原封不動……

地上的石頭火花迸濺，拜占庭，不停地重複曝光。

2010，2月

魂與魄

是生，是死──，哈姆雷特每念到這裡就停住了。

每見到這個字，合文，然後就嚇得夠嗆，被自己：
那個輕輕蹦著的靈魂，嚇著了嬰兒啼哭的身體，
嚇著了被另一個祖國餓死的村莊，靠著危險的緯度──
　　24°-34°，那裡有過文明必死無疑的天空。

有過一大群人，像龍、鳥，在樹上結繩，在洞子裡
歇息，畫他們消滅的牛，或豬，然後，又在動物的
骨頭上找消失的爬行，看陰影掉在不太信任的碗中，
現在我們已不太瞭解了，但知道那是怎樣一個擔心。

我們飛越時，不在飛機上，而是在黃色的廢墟上。
我們挖油井時，挖的不會是能量，而是更古老的脂肪。
是黑黢黢的魂與魄，原封未動，它與土厚厚地粘黏著，
就像我們今天的腸子和地溝油，或可疑的紅辣椒……

嚇得誰還敢再相信我們的另一個胃口，靠太陽牽引著，
計算不太對勁的方位。看看，地球的刻度，乜斜的樣子，
我們哪裡還能捏指頭，像天真的女巫，神祕，安靜，
準確地測繪出潮汐、大海，生霸，或死霸。交替著，

一個人的生命，在另一種動物的血脈中潛伏下來，
我們得肯定月中跳躍的兔子，或伏藏桫欏樹叢的恐龍。
人越來越覺察翻滾的內臟，在敏感元件中嗜毒，傳染，
氧化猶如球體，更加無助，更加節省，也更加揮霍浪費。

那得看我們怎樣去闡釋大自然的負面，更加神經質，
也更加原始，像我們的新石器，培養出二流的惰性。
我們改變了高大的骨骼，但，我們沒有改變星球，
它照樣是孤獨的，傳說的，光明，黑暗，互相滲透著，

每天爬在眉毛上數落著，在鏡子裡生氣地反射著。
一個魂，一個星球，一個魄，卻只見了半輪的晦氣，
都因為它們互不相見，也都因為我們漠視其存在，
然後，緩慢轉至輪廓，目睹日月相會──善待生死。

2010，4月

夜宿白鹿鎮 1

你們聽是要聽見，卻不明白；看是要看見，卻不曉得。 2

人們來觀光，拍照。我們大概最先發現，
好幾年前，——更早的是蒙特爾神父 3，
駱書雅主教 4，還有遠道而來的修女們，
今夜，我還看見她們的頭巾與黑長衫——
黢黑的防寒網在木樁上撐開害病的雪坡。

坡上松楸風色密集趕走了原生的鳥類，
在這裡教育孤寂的歲月，旅途的飄渺，
還有龍門河畔雒社鶴頂所遭遇的偏執。
兒童們都喜歡背木柴 5，誰更早來點燃
這些比皮膚更黑的爐灶，使其豁然開朗？ 6

1　白鹿鎮，在四川彭縣境內，上世紀初因法國天主教領報修院（上書院）遠近
　聞名，領報修院於1898年開始由白曆山神父主持修建，1903年完工。現
　書院早已衰敗，廢棄，偶為旅遊，或婚紗攝影景點。附近白鹿鎮有教堂。
　2008年5月12日四川大地震時傾刻被夷為平地。
2　見《聖經・馬太福音》13節，在與門徒討論講話用比喻的問題時，耶穌引
　用了這段以賽亞的預言。
3　喬治・蒙特爾神父（Georgesw Montel），法國傳教士，1899年至1952年
　一直生活在四川，興辦教育，推廣法語。在上書院曾擔任禮拜儀式的老師。
4　駱書雅主教（Monseigneur Jacques Rouchouse），1916年開始任四
　川成都天主教主教職務。1948年在成都去世。
5　暗借《聖經・耶利米哀歌》中的句子：「少年人扛磨石，孩童背木柴，都絆
　跌了」。
6　暗借《聖經・耶利米哀歌》中的兩個句子：「因飢餓燥熱，我們的皮膚就黑
　如爐」；「耶和華啊，求你使我們向你回轉，我們便得回轉，求你複新我們
　的日子，像古時一樣」。

飢餓枯燥也是大問題，還有誰逾越更早，
來登臨這自然的神壇，除了我們的身體，
或一頭獅子無窮的進化向背而成為隱喻？
更難堪的還有海藻的分泌，珍禽的爛漫，
堆滿棉被的石頭床與誰一賭身輕與無用？

比他們更早的是杜昂先生[1]，脫下厚皮襖
造了這座大房子，而比他更早的則是農夫，
至今築居繁衍，還在讀繁體版的《聖經》，
牆被時間塗改，小徑放遊被細鐵絲捆縛著，
獻給燃燒的小煤窯以及石灰和鹽的汲取者。

比這些鹽更早氧化的是阿爾芒·大衛神父[2]，
他最早發現遠東的熊貓，富裕的貓科動物，
先前，人們覺得它黑白相間的皮毛很滑稽，
蠢笨，偷吃東西。現在，他是世界性乖乖，
文明的五保戶，外交使節，租賃帝國主義，

---

[1] 杜昂主教（Monseigneur Marie Julien Dunand），四川天主教首任主教，1870年開始在四川。白鹿鎮領報修院（上書院）就是由他決定修建的。

[2] 阿爾芒·大衛神父（Armand David），法國天主教遺使會會員，也是動物學家，早期在四川傳教，同時進行科學研究。1869年在四川雅安以北的保興縣發現大熊貓，是最早使歐洲知道這一珍稀動物的人。

以緩解緊張的生物鏈，如果，像更早附會的傳說，
它並沒高蹈偷吃青竹，而是鏗金戛玉的鋼鐵彈藥[1]，
那輕蔑武器的世界就會更早到來，——關於這點，
聖經未載，從鄉村來的本堂神父也只能照本宣科，
老人的天堂，口齒不清，兩個天真未來的瑪利亞，

還神情茫然地望明月迷離，看它轉向天涯何處。
俗世伏藏已久，很像上書院每日蹦躂的婚紗照，
最終會步入幸福，是銅扉洞開，鴉雀罕閶，
還是鏽鎖師門？風伯、雨師，牧師，神父，
都覺得身分曖昧，或該由更驚愕的神裁定，
但那些能操持大雅的名賢，卻又病歿何方？

他們從未來過，故難判別這旮旯裡的不端莊，
什麼種子先不幸地敷衍捏在他手，耶和華的
還是宣傳的——那只是份工作，和穿藍褂的
村支書差不多？玉米地的洗練——老疤新衣？[2]
誰更生疏[3]，誰更先於瘠土撒下黑色的網罟，

---

[1] 熊貓在《山海經》等古籍中，就是傳說的動物猚猚，牙齒堅硬無比，能夠
食鐵。可參讀筆者隨筆《吃鐵的動物》，見《畜界·人界》。

[2] 參看《聖經·馬太福音》第9小節，當約翰關於禁食的問題詢問耶穌時，耶
穌說了這樣的話：「沒有人把新布補在舊衣服上，因為所補上的反帶壞了那
衣服，破的就更大了」。

[3] 參看《聖經·馬太福音》第10節，耶穌就做門徒的代價說：「人與父親生
疏，女兒與母親生疏，媳婦與婆婆生疏。」

呵護這些淡紫色的黃連，——上帝的沒藥？

我們能否不用說服而用自然，自然更潔淨？

先於自己的良心教導，佇立雪夜，絕非枉然！[1]

聽到樓上神父焦灼地來回走動，悄悄訓斥著，

我頓悟堂神早於傳統的琅玕大寒演了離間計。

我們並不知道，夜半黢黑，是星空先墜，還是雪？

灰白枕頭沉甸甸的，也很難釐清是棉布還是石頭？

若是石頭，何以它會夢見大塊棉絮更早脫離睡眠，[2]

抱怨著冷空氣，是要發宏願洞悉那塊彈丸之地嗎？

石頭上的小石子，或比預言更早來自農業的懺悔。[3]

2008年，元月，草於白鹿鎮，10月修改

2014年再次修訂

---

[1] 這幾句延伸了《聖經‧馬太福音》第15節中的內容，在論述潔淨時，耶穌不僅談到吃飯洗手的問題，孝敬父母的問題，也談及假冒為善，並引用以賽亞的預言說：「這百姓用嘴唇尊敬我，心卻遠離我，他們將人的吩咐當作道理教導人，所以拜我也是枉然」。

[2] 夜宿白鹿鎮教堂寢室，冰涼的枕頭猶如石頭，睡醒一覺，發現破枕中竟有大塊棉絮落地，故有此語。

[3] 結尾借用《聖經‧馬太福音》第24節內容，一方面暗示書院廢墟，另一面提出宗教在本土文化中能否生根的問題。當耶穌出了聖殿，正走的時候，門徒進前來，把殿宇指給他看。耶穌對他們說：「你們不是看見這殿宇嗎？我實在告訴你們：將來在這裡，沒有一塊石頭留在石頭上不被拆毀了。」

葉公好龍

葉公不是一匹葉子，是個人，具體的，
很具體，而且，必須具體。動物都喜歡具體，
十二生肖，具體，🐍，就是蛇，自繞之形。
🐅即虎，甲骨好辨，非豕。只有羊不太具體。
羊在古代的符號啥樣，我敢賭葉公不知，
因為羌公把它和人融化在了一起。所以，
「羊」的字很簡單，但羊的形象，至今
未有人識（當然，誰都知道它有兩角，四蹄，
一尾，還有撮小鬍子，龍也有，希特勒有，
諸公有，熊，偶而也有）即使在葉公們藉以為豪的
博物館。它變了形，尾巴又寬又大，偶蹄，闊嘴，
還有個五行輪，燃燒著，看著一群人「淪陷」。
兩隻耳朵豎起覓亮點，像鳶尾花貼在帽子上，
偶而也顯形，立在階梯教室吃草，現叫課時費。
咩咩。它的生殖器扇動起一種情緒，自稱守天門。
猶如狡猾的主人，要捍衛文明（其實也就是
社科院的一套項目），所以，也叫「開明獸」。
獸是如何開明的，或「抵抗」的，至今未鬧明白，
就像說「三套馬車」，以為就是伏爾加的酒窖，
或某張名片上馳騁的職稱：某教授，某主任，公羊，
咩……，淒厲之聲。都怪羌公，喜愛「人類學」。
更有甚者，葉公好龍，以龍為官。什麼都是龍，
龍羹，龍衾，龍鞋，甚至龍魂。只有床非龍，

龍床只是一種說法，其實，他睡得是彈簧床，
要舒服得多。音響也不能是龍，龍不傳音，
也不能在非龍的腦殼上鼓舌。葉公甚至為了
獨享「南方」，還把黃帝的龍馬混合體趕下去，
說他本質是熊，非龍。也叫「有熊氏」，於是，
葉公又奔命世界去尋熊的腳板印。想證明
黃帝的童年是在北方混的，啥時又懂了符號學，
其實，他們只潦草地旁及斯特勞斯的一層面具，
符號學卻有許多層，最根本的一層是將自己剝掉。
黃帝真的像他們那樣偷獵過學術圈的熊掌嗎？
那麼，羌公就該天天在雪白的小羊羔中喝西北風囉？
夒也就是猴子囉，大禹即蟲。葉公就是樹葉子……。
他們最喜歡用「圖騰」這個詞，非常性感。
這樣愛龍，這樣饒舌，大膽，龍咋個不感動。
於是，有晚，龍真的就遊了過來……。怎個辦？
彈簧床，嘎吱嘎吱，葉公醒來卻捏了條蚯蚓，
嚇出一身冷汗，原來是他自己編造的豢龍笑話。

2011年

二姐夫

古謠諺：網魚得鱮，不如啗茹

先摘的果子偏苦，後摘的很甜。而酸甜呢，
毛大爺解釋是湛藍垂直的衣裳，兜兜裡，
別著一支紅鋼筆，很寬，像聒噪的梭子，
把安靜的靈魂反復編織。姐夫都愛吃素，

大家都是蘇醒的小草，也都是「有價值之人」，
有價值之人都會耐心地等待，頗像拉二胡，
但卻是個瞎子，其弓法就是鋸開悶葫蘆，
滿懷同情，磕磕碰碰，近似於一種治療。

高興時也哼不成形的小調，下放在洪湖邊，
看滿地蕩的荷葉，看自己的影子是不是個
汙穢，裡面是不是有個非凡的蛙鳴的夏天。
結果，每個青年的胸口，都像一部收音機，

鬧哄哄，充滿雜音，靈敏的波段，全音符，

唧唧咕咕，裡面播的啥也不是。也圍攏去看
牆上粘貼的佈告，儘是一些壞人，各種罪孽：
反革命，破壞水利罪，三青團，作奸犯科……
總之，誰都不能與時代為敵，即使是姐夫們。

遼闊的時代，腳後跟卻只能吊在自己的腳尖上。

也只有一架織布機可以紡紗，只有一個喉嚨，
是真正的喉嚨，喇叭，只有一種細胞能變化，
也只有一種男人可嫁，那便是繩子上的螞蟻，
或隔壁家的革命老南瓜，要麼是普通老實人。

老實人的特徵就是——樸素，瘦，清腰，高挑。

每個小女孩的第一個男明星都是「電線杆」。
或低調的瘦猴子，斜肩，缺乏營養，母家
便覺得有了將其壯大的責任。彷彿那女婿
永遠都客氣吃不飽，也永遠都低調且安全。

安全繁衍，老實人，國家也一直扮演受氣包。

老實人，這幾乎是一代女性最美麗的藉口，
這些老實人，偷雞摸狗，壓抑強悍的性格，
而且，把婆娘家的箱篋瞄得準，若她爹爹
又是文化幹部，有提拔的可能性，那最好，

但那時代，不能有私活，私是根冷板凳。

若實在清廉，至少也該有些發黃的宋版蝴蝶裝，
一堆老書，讀得最多的則是那本《竹書紀年》，
仙桃也不知有多少輕狂的眼光掃過，卻焉知書味，
於是，統統作了遁世的嫁妝，與小銀鎖壓了箱底。

男娃子最不能讓人放心，但好歹卻可以打得粗。

李家也有根獨苗，喜歡樓頂營土種菜，餵鴿子，
凡農活，家禽，都行，姊妹們都驚歎稱他神農，
那年夏天，他把船劃進洪湖茂密的深處，害得
爹爹和漁老鴰滿湖亂竄，以為頑童全葬身魚腹。

納悶中國的爹爹都是這樣，發現兒子太像自己，
便有失偏頗，故意讓他吃苦，結果染了吸血蟲，
我們血緣裡或就有一種自我背叛，拿兒子出氣，
見娃聰明，就想起自己的愚笨，或是未讀之書。

結果搞得男娃子害臊，女娃子卻捋袖爬樹，
個個性格剛烈。下有湖北佬，上有九頭鳥。
人人摔跟斗，都知道吃是個好東西，受傷
也是好事，全家都會軟和下來，分析利弊，

慢慢地也習慣在藤蔓間讀書寫字，夜聞書香。

爹爹過世後，我又繼承過來，竟發現足夠的能量，
也發現伏羲是蜀人，一張上過鏡的照片，浪打浪，
撲到腳跟前，告訴男人們質樸的生活與未竟之業。
姐姐們卻拜了自己的灶神，淚水悄悄繡在枕頭上。

女孩子的隱私都要娘告知，都窩了胸，紮短辮子，
穿衣背書包永遠都是一個土氣的模樣，聳肩搭背，
男娃子只能在被窩裡作弄小雞雞，想像一次豔遇。
結果，後遺症不是貧血就是心肌炎，或小兒哮喘。

（這種病一長大，便會自動消失，或就是依賴症，
我們不能在飢餓的背景下依賴想吃葷而懲罰吃素，
否則，我們就會得厭食症，但實際更多是飢餓症，
因為過去，大家並非都是素食主義者，或忠誠者。）

那年頭，爹爹都很忙，幸好，荊楚尚巫，
我們只能求菩薩保佑，娘娘就是這菩薩，
一個能免去姊妹寒磣的巫醫媽媽。她最能
識破那些褲兜裡揣小鬼的假男人，最愛說：

「此世道，至少兒女不能受苦，只有老實人，
明哲保身，不求聰明，但能免禍」。善哉！
她能嗅出十里外撲著的荷花與前世的良心。
她保證兒女會幸福，她用針頭劃了個圈圈，

姊妹們便只能關在裡面跳狐狸之舞。
老實人一入贅，孩子一大堆，也要
磨掉許多精力，雖不再作女紅，但，
她們念書擅背誦的才華卻散似珠玉。

個個面如桃花，個個身寬體胖，歡欣，
如果再回頭看那年代毛大爺似的紅潤，
便知家庭的歡欣實際是種隱蔽的消耗，
四海惡狼，所有的激情便只能轉內銷。

看看周遭，又全是杏仁眼和不咋進步的懶惰。
每個人都很和氣，但每個人背後都有隻獨眼，
甜得來像螺絲釘。成熟，壞，幼稚，則死掉。
我家姊妹多，於是乎，入贅來的都喊姐夫哥：

「大姐夫，二姐夫，四姐夫」，都是蜜糖，賊甜。

大姐的就喊大姐夫，二姐的便叫二姐夫。
二姐夫，出身工商兼資本家，便有贖罪感，
拼命教書，一激動，便如革命暈厥過去。
二姐好傷心，幸好，沔陽此地出真夫君，

女子不愁嫁，也不愁漢水扮燕子悄無聲息。

有個領導不識「沔」字，於是，驟改
仙桃。結果，那個老南瓜最後成了弼馬溫。
因毛說：革命必須珍重「歷史」，這歷史
就是革命，革命又如何能讓你小子亂來。

但那年頭，卻讓許多人白白地改姓、喪命。

甲骨文有曰：小子有魚。沔陽人最愛吃魚。
每年都會在北風中醃製那些洪湖供的魚兒，
外省餓死一大堆，洪湖至少還有苟且的藕。
還可以熬魚湯，餵給姐夫的一窩小崽崽們。

翻爹爹的竹書，方知道沔水即漢水，
下游有個魚腸似的「乙」字在等著，
魚尾像個分叉的「丙」字朝著上游，
朝拜所有的雲朵，培養釣魚的習慣。

甲就是上帝啊，乙就是湖北，丙方即蜀，

丁，就是空白框框中那些夢遊者的婚嫁，

汶埠之山，漢水之下，便又養了個二姐夫。
都在校園旁黑黢黢的鐵砧板上釣假想的魚。

都會烹調，嗅醬油醋，也都會拜年，當然，
也都會孝敬老人，雖然日子過得平平淡淡。

咋辦，媽媽？「問那個悶葫蘆似的爸爸呀！」
爺爺賭掉了一生，奶奶，腳踏千隻鶴，但，
那只鞋，卻容不下自己五根蔥似的腳指頭。
她獨坐花園空想童年的書生，背著三字經。

有個小哥（爹爹的堂侄），甚至一直幻想
巴基斯坦的親戚，他籌錢要去尋根，於是，
給栽了叛國罪，批鬥給弄得來神魂顛倒的，
一直保留族譜至今生今世——悲戚的族譜。

（黨的領隊說，我們在中國造就了唯物主義，
我們不需要族譜。黨的族譜就是人民，人民的
族譜就是祖國，祖國就是大家手裡的荷花，
嗅這荷花呀，——嗅這末世慷慨的命運啊！）

那年頭，少年空想女人的背景，渴望白饃饃，
挑肥揀瘦，錯過了桃花運。也曾樂滋滋的，
睡覺時，褲兜有掏不完的玻璃珠，頭髮絲。
隱藏的鏡子折射的結果卻是一場病，一個夢。

二姐夫第一次吃飯的表情啥樣，都忘記了。
大家都圍著一張桌子，看上面浮著幾片肉，
兩眼一閉嗅嗅魚湯，團魚，蝦米，藕的脆甜。
幸福很短暫，爹娘駕鶴，便只剩下了姐夫哥。

這個二姐夫心很細，很善良，他退休的本領，
就是划船在汭水周圍釣魚，逗二姐開心，二姐的
遺產就是天生的記性好，現在，其女兒妮子也如此，
眯著眼睛就學習最好，這就是吃魚的好處。

天天學習，應改為天天食魚——至少，
魚能掉尾遊戲於蓮葉間，遊戲於一個
亢奮的歲月，自己吞食鏽鐵鉤的歲月。
幸好，小呂魚蝦也沒能聽懂的語言好擔憂啥，

魚兒的腦子裡有一種不可複製的氨基酸，
能遺傳家族的記憶，能讓姐夫頂替父親，
多年後，我們還翻出那本厚厚的李氏家譜，
我們還能圍繞枯萎之湖聊水淋淋的老房間。

2011年10月30日

冷師長的紫荊

十月大假，有攝影家賴先生建議去人少的大邑悅來古鎮，到那裡後，見有破敗莊院，鄉人議論紛紛，打探，方知為解放前冷師長的宅邸，帶至院中，見新土大坑，老鄉說，正是昨日半夜，各路官員們攜機械把偌大的紫荊樹給拔走賣掉。欸人去樓空，私財蕩然無存，冷師長裔有移民，曾回鄉，答應撥款維護祖邸，但難委以信任，故未成，遂遭拔風水大樹以洩。僻鄉如此，國又何安？詩以志。

一百萬人射向風景線，風景便
萎縮到一個深秋破敗的小南瓜中。
一百萬人出城，一百萬污染鄉下。
但這裡的負氧離子卻最少，甚至
少過京城。如何分配瓶中濃縮的
空氣，香噴噴地吃外省的兔子頭？

（說吃鹵鴨子還不行，脖子會延伸出來
嘎嘎地叫，「嘎嘎」。嘎嘎們也會算數）

每日三十萬隻，最後，不得不進口歐洲的
兔種，全都驚恐地叫喊愛麗絲，愛麗絲。
問她兔子洞裡有沒有一棵紫荊樹可攀爬。

（卡羅爾寫過一本《愛麗絲漫遊奇境》
凡縮小身體比例進入異端都不得不記掛
逃逸的方式，可漂走的筏子或一棵救命草）

沒有啊，這可是「外省」，宰殺一貫慷慨。
所以，除了無情踩踏，每個人還可以加冕，
餵工業的螺絲湯，或用化學藥物配製豬食。
人口基數過高，鯰魚嘴巴彎在縣份大街上，
個個都能吃，而且懂生態，南方寸草不生。
奔跑的獵頭族，恍惚都在比賽兇狠和漂白。
氓之嗤嗤，也只管看腕表，判斷腳下倒影，
還發明各種小器具，謹防隨時曬成氧化物。
懸崖被磨成平原，河流被船劃成一道陰溝，

像帶黴點鈣化的臭皮蛋，還能榨地溝油。
他們全在這鄉村中喝地溝油，而且歡樂！
沒這油還不行，味道就差了，道士維護說：
五行如此，其辰值未（味）。那就繼續喝呀！
吃呀！五十人一桌。是個中間數，陰陽交錯，
正好合攏摳老天爺的癢癢，紫荊樹皮卻很薄。

再大的家底都經不住窮人瓜分，但，
經過村支書計算，上下左右居然還能除盡。

五十人同意代表平衡，就能舉手一致表決，
就能處理不愛國、而且過氣的「冷包子」。
他啥身分？軍閥，賢達，慈善家，夢幻師，
地主莊園的餿稀飯，或鄉下業餘的狙擊手？

誰能記住他啥模樣，冷師長全家在解放前
便安靜地移民去了美國。他會看相，知道
這村鎮會澈底完蛋，不為別的，只為基數。
但他本人願留下，等待轉變。情況一好轉，
還可兩邊跑，「政協」或還算是社會橋樑。

若形勢直轉而下，便攜款而逃。內褲縫上隱密的
地契。稍有威脅，便流淚訴苦，或混個先進勞動。
他雖能精明地判斷革命，但卻沒計算破曉的
時間，直到難以瞑目，唯一未搬走的便是那棵
巨大的紫荊樹。兒時圍繞它摳癢癢，如今倒地
模仿昏迷抽搐，但已不在原地，總算圓滿壽終。

過去的長工後代，現在是創意模範，他呼喚
鎮幹部、區委會、派出所全來挖那棵紫荊樹，
能賣錢：一百萬。一百萬生物就能湧向崩潰。
冷家已屬小鎮傳奇。既成事實的門檻，也成了

百萬人橫跨過去的自由。邊陲建設冷熱不聞，
我本想詢來龍去脈，掐指算也只剩個修補匠。

2011年，10月6日於悅來古鎮

如何看一朵雲 1

> 人若敞著井口，或挖井不遮蓋，有牛或驢掉在裡
> 頭，井主要拿錢賠還本主，死牲畜要歸自己。
>
> ——《聖經·出埃及記》

嚴謹的雲，擅長評價君子卻很難臧否時代，
有時會敏感得來無法承受一個很小的骨朵。
平庸的奇跡，隨機當服陋巷子裡的詩歌龍，
避免了無辜吃葷，態度極老練，但，好像

又沒咋個見著去直接戳什麼——「我是雲啊，
我的『飄』本身肌膚充澤就是那時代的寵兒，
所以也無需再添什麼自然的重負」。控制夢囈
控制得很好，即便烏雲糴糴也能深刻委婉地

理解空間。或詩歌本是枚騎縫章，犬子曖昧，
格言飛流直下，最後會穿了太多的鱷魚皮鞋，
「外國」，「外國」，誡命或又當服，大家
一直蒼涼地聽這個詞，習慣真得是不出所料。

---

1 趙振開先生（北島）在作協頭頭擔保下回國參加官方的「國際詩歌節」，有
  誓言、嗤譏，回港反撰文譏內地詩家，遂遭各種批評。就餘來看，事情本身
  並非值得大驚小怪，短瞬一舉未必就夠得「同流」，合汙也並非此一種方
  式，甚至是最無害的一種方式，或恰恰是大家都未看清的方式。正因如此，
  諸批評也未必曉以要害，或一開始，那些「認同」的精神方式就已存在了，
  或也存在於視他為偶像、拯救者的人身上。一種深層的精神結構中，何來拯
  救者，或有團夥、趨同代異什麼的，但從來就沒有過拯救者。

外國的也一直說受害，但受害的很複雜，
有入了狐狸黨，平步青雲，或暗改步伐，
調換了小行星，畫個遙遠未腐蝕的外表，
要摸透其變化，就得在關係裡打地轉轉。

他扯的響簧，一直都飄在天上掉不下來。
望穿秋水，為啥一直是這嫵媚的姿勢呢？
他自己也不知道。他的高個頭不易幻化，
也就一直註定了是青年朋友仰慕的偶像，

但他自己卻渴望像個老人，蒼涼受人尊重，
並富有正常的純潔，但外國佬一直打幹雷，
說「你要革命啊」，「一定要革命啊！」
可惜，他太瘦了，電杆體質也不適宜革命。
於是，又有說：「你要改變啊，為了普世。」

（可「阿拉伯的勞倫斯」正在橫掃阿拉伯）

那麼多人盯著他，用詩錐他沒肉的屁股，
工蜂冰冷的睫毛眨了眨，似乎疲憊不堪，
心蹦得太快像鳳凰，誰讓他承諾了永恆，
鍋碗杯碟也都可能永恆，要看承何種劫灰。

既然如此，你就得自由地吊煙口袋（街頭
吸大麻）。這兒沒有的花你得有，這兒湮滅的雲，
你得騎著，最好有兩隻兔耳朵，或許明月搔白頭。
遙遠的烏托邦好像有個名字叫「索爾仁尼琴」，

還有一個叫「布羅茨基」，等等。記得，有年，
一個詩人從巴黎寄來張報貼，想說明，他──
與布氏同台朗誦過，偉大的相遇。但布羅茨基已
倒在自己描寫過的澡盆子的肥皂泡裡。而更多人

傻乎乎的還在寫。作年輕的深呼吸，活動手指，
在大白話裡把關節弄得嘎嘎響，抱黍練精神氣功，
像多肢節的昆蟲善於繁殖。你呢，還不至於吧，
但是，你準備好了成為自己最普通的寓言嗎？

這個寓言，造物者的寓言，連連地對大家說：
其實也就是弓與矢，矛和盾。如果是弓箭手，
那你就得射自己的虛弱，古老的疾病，你懂：
「盯著我是種疾病，你也絕非聖人」，這就對了。

但你也不是空殼殼，大家的內心也並不省油。
所以，人民也得為你的通行命名，甭想輕鬆，
得轉，像軲轆，冬天把握久了便會覺得冰涼，
稱你「田」先生，「賽先生」，或其他道德。

風華正茂的一代人，需要你的面孔和圖片，
並問你用的什麼機型，何處拍得如此嬌嬈，
咋與這邊新華社公佈的一樣。大家都以為
能一往情深地兜住所有的風騷，一蹴而就。

哈嘍，多年前，一個外國扇動者就荒唐地說：
詩歌既然左右革命，何不就來場即興的革命，
若是革命的逍遙遊，何不就綁到十字架上去，
你總得給時代餵些魚餌吧，口齒也不能含糊，

未遂的身體也不能分裂，因為你的警世格言
本就如此。假如直接給囚進去，或許更好，
因為，那可能就是一根害羞的導火索：嘘。
但你內心的純潔好像又不作這樣的擺渡，

怕也是「砰」的一聲，此節奏，你很熟悉。
當然，你也非悶著撰大著的人，終究一朵雲，
需要很輕巧的風車鬥轉，也需要筆墨咽淚。
更需要你把自己的影子踩個正著，若能躲避。

夢遊者往窗口外看，那你就澈底地蹲在雲端，
如果，你看我們，不屑，那就可能摔在地上。
如果現在想念衰老經，卻未必昂貴地摔得起，
因中產階級已圍著高僧在廟裡嗅帝國的黑灰。

雲可以尷尬地學麻雀叫，也可以無聲地分散，
但作蘇醒小草讓死守的「田」先生無可奈何，
「井先生」也不怎麼合適。古井中間有點墨，
昏庸的詩人說，那是咱們的投影（或我身），

感召我者，那也就該是雲雀，孤島，眇遠。
漢語「近」曰「附近」，「遠」曰「潟遠」。
所以，漢語是一種模糊不清的運動，精細，
精細就顯得繁瑣，限制多，孔丘盜跖變身。

凡事複雜過於折射，最後都會在雲中擱淺。
波浪很大——但也不是你想像的那麼洶湧，
也非你捧在手上的一滴水——那麼微弱。
大家客氣地尋個不鬧事的目標，虔誠等著，

等著冷空氣在暴動中凝結，等你描個
像樣的你自己，你的本命年，或你的
恐怖勇敢——但卻未必是漢語的正餐。
漢語是一個合唱團嗎，或一棵白楊樹？

最後，你可能還會累得坐到空椅子上排座次，
但那對希望的祖國來說卻可能是頓夾生飯。
或許當個自由的流浪漢更好，同門不是已有
很多傢伙希望超越「普世」，排除門戶之見，

更像那些暮靄中祕密的玫瑰，碩大，燦爛。
文化胖僧把一切可能的空間都擠了個乾淨，
他們害羞，虛構覥腆的身分，生意人，黨員，
作協會員，不簽約的密探，快照師，旅行家，

皇室的風水先生，規劃師，一直為世界忙碌，
也一直不為資本主義所動──但貨幣卻可以。
雙目深邃的雲可以，結交老謀深算，且嬗變，
飛機上閱讀的國際局勢也一直這般波瀾壯闊。

因為嬗變，或壞人比好人還更容易團結些，
他們體制內分配的東西也很多，幾座煤礦，
西南電力，民主的跨國回訪和不停的酬謝。
雲永遠都是拐棍，螞蚱也永遠靠北方牌局。

殊不知，天玄地黃，那本就是一個神讖，
居南向北，二人向背在不平的地平線上，
註定了是個兩面體，南轅北轍。「哈哈，
我是旅行家，我只是被彆扭的行李拽著」。

想想看，這國家的學問行李啥時隆盛於北，
拽著雲的得把自己扭轉過來，很痛，也很髒，
但看見的還是印度的耍蛇者，暴殄天物。其實，
稱呼啥都沒關係，「流放者」或「囉嗦鬼」都行。

因大家的歷史也就是一部嘰嘰咕咕的左派歷史，
誰都難免嘰咕，只要擠入暗道別強迫扭傷就行。
那些希望他成為不可能英雄的人鬼迷心竅，
篡改了他開始就不露聲色的靦腆和鄉土情。

可惜，任何鄉土都得設立安全檢查站和前哨，
以便過關，在雪白的雲裡體驗一回天佑我土。
否則，「我為什麼非要遠飄？」「今夜一過，
我便得與劊子手告別，或許還得虛與委蛇」。

「我還得遠離人民，然後看清周圍的真面孔。」
確是的，有時，人民的「面孔」猶如空行李，
比統治者的還更難辨識。比如「壞」這個字，
也就是「壞」囉，那更廣泛的「窩囊廢」呢？

窩囊廢頃刻會不會變成壞的「窩囊廢」。
或乾脆就是一個安裝假肢的「公務員」，
替其呼喊，卻又自相矛盾，於是錯了錯。
但人民，咋辦，一直就是老百姓的好啊？

你總不能籠統地說他「好」或「壞」呀，
他老態龍鍾的間接性，本身就稀奇古怪，

不偏不倚。他們混在裡面求生，有啥錯？
他們與鏡子裡的革命者旗鼓相當，咋分？

也都會去拉攏他們，收買脆弱者，淘汰異己。
他一開始就呼喊「人民」，在哪裡並不重要，
城樓上，蘆葦裡。蠟燭詩歌，祕密的黨代會。
開始都是宋江啊、脫靴的太白呀，賑災者，

然後，又都是拯救者，結果，也都是百姓的好，
都是苛求者，都是極端不知所云的杜撰，通關，
最後，也都是聖人，都是被刘倒山裡的虛構者，
純潔者。（血流殆盡，但圍攏觀看的卻是胖僧。

喇嘛也染了來不及拖走的線形病毒，患某個按鈕。
常見病有：心絞痛，糖尿病，痛風，小兒哮喘，
肺癌轉移，一直都有轉變，從大家深情呼吸時。）

我研究過聖人之「曰」，無非是一種氣場，
上下相通，像鼻孔，擠眉弄眼，婉轉跌宕，
最後都得拿百姓的好出氣，拿糧食供給說項。
莫說人民了，人民本就是雲中鼓動的強迫症。

他曾頑皮地對某港人說：「不大想和他們玩了」。
那與誰呢？「就這些」。達者呀，奉承者，非常的
成功者，懂得生活技巧，水準接近歐洲的中產階級。
那「雲」如何分散，延至晌午，允許或普通的否定？

雲啊飄，就是一朵害羞的雲嘛！一頓消失的中餐，
似乎誰都沒錯過，誰都趕上了，微妙的道德瀰漫。
他們玩奢侈、玩藝術、玩國際法，難道還不知曉
──最後，都是要靠那不存在的土地政治來解決，

誰說那不是種優雅的手腕。我們知道他需要什麼，
但確實不清楚，他反對什麼。文明的理由或更充分：
我不需要反對什麼呀，雲，會反對什麼呢？所以，
它才不翼而飛，雲在內部找到了它舒適的小亭子。

亭長，亭長。現在，該集中享受點什麼了。

享受或即奮鬥。

2011年10月13日

廊
廊

現代防空習慣使許多人逃往這條廊廊謀生，
跟躋身此時的社區超市沒什麼本質的區別。
你可以蹣跚著選擇很多，也可以啥子都不買，
也無需遺憾表示，純屬閒逛，看，或來過……

即使如此，經理也會樂滋滋地目送你進入羊圈，
因為，已經有人為你設計了一種古老的儀式：
自由豪邁感使你不由會對一小杯乳酪感興趣，

（阿拉伯式的革命就是這樣引起的，茉莉香型）

或僅僅選購一支牙刷，也算商業，所有的購物者
都會以眼神贊許：嗯，划算。其實，參與的人很多，
一種比列便足以註銷經營者所擔憂那種企業虧損。

但，文學——或詩歌的強迫症，卻想實惠又風光，
視兜風為生意，本是逍遙遊，也想賺得滿盆滿缽
這時代，對短暫的他而言，恍若一個奢侈的真理。

（他們也確實把自己當做了奢侈品，其妙處，
就是異國搶購，皮貨隔鍋香——諸君不知，外國
也有許多居委員，幾個閒適的老頭擔心第三世界的
文化，於是籌些錢發獎——確實好心，但別當真。

最危險的是下一步，你會發現幕後，或全是外銷贓款。
老謀深算的帝師、革命規劃，每一步都絕不允許吃虧。）

外逃換血，只能是一個次真理，一個小團夥的
出洋管轄夢，跨國文藝所遇的無盡的海關刁難，
一隻鮮蝦的國畫蓄鬚，希望貧賤的芝麻快開門。

我早已回頭尋覓其他門，這可稱之「散文」的
空間，門突然掀開，但我卻從未卜求這掬春雨，
它可以任意滴穿一個老石磨或一只湮沒的陶盆，

而且，像古鑽在烏龜背上灼無數隧洞，
測算某個甲子日是否發生了那場戰爭？
許多老學究成天討論這個平庸的日子，

用了金石、甲骨學幾乎所有可能的手段──
這天，某碉樓裡木頭築造的廊廊無人遊覽，
這天，也可能，某個人看見了自由、未來。

（其實，也只有奇妙的懊悔者重新質問著）

煩擾的人生踏階而過，貞人睡醒撲面而來，
黑色蝙蝠成堆地吊在圓柱大廳的旮旯中，

或為我們記錄那個更曖昧的時代。一群
不能自己啼哭的小孩，突然見風哭了起來，

（晾兒童衣褲的鄉村母親沒把昨夜的井口蓋好）

說他們夢見正跟一幫扶貧的漢學翻譯家嚼舌頭，
並很委屈地獲了類似「呱呱叫詩人」的獎賞，
無數歐洲古堡，正像忽必烈舉辦懷舊的帳篷宴，

分給大夥那些傳說的亞洲寶貝，曾經的蒙古馬，
韃靼人的烏金刀，過氣的勞動獎章。附帶著
還有一筆庚子賠款，或杜撰的無產者的苦難。

其實，謊言比他所攻擊的獨裁謊言還更有害，
因為自由的拯救者並不清楚究竟哪裡在漏氣，
也從未弄明白草叢下的一堆馬糞何以不貶值，
而且，過於遙遠的夢能否挽回，悲慘而永遠。

他們必須像鑽臺一樣被拖出去，並身懷絕技，
讓探照燈和垃圾護照一根接一根地擰斷其手指姆，
用語言似是而非地漱口，還得當眾調情。當然，
古典建築裡也會為受氣包擺上古老的天鵝絨座椅，
讓富人來聽聽，世界上還有一個未解放的角落。

晚會設有講壇，有喇叭，募捐，風雲人物捧場。

他們也學會了激動，熱淚盈眶，用貧賤來撫慰
花花世界的產業。但他們能不能造就那個神話？
或靠服從優雅的閒適氣氛來養活一大群追隨者？

光靠在耶穌面前抹眼淚是很悶人的英雄，何況，
聖子讓人各殉其職，像俗話曰：你有你的榔頭，
我有我的棒槌，蜷曲回到石縫裡的記憶或最好。

（最好的口語詩也當然是保羅·策蘭的翻譯，
但若要很深地感慨人生精闈，恐怕還得不把
被侮辱的小命當回事，靈魂變革遠離偷人哲學。
但流浪狗啥都捨得，卻唯一捨不得洞穴骨頭）

所以，陋室裡我有上下文，有一匹青瓦的快樂，
我限制自己的空間，古老的銘文便自然顯影出來。
苗條的黃蜂嗡嗡刺入這世道微弱的視線，
為我分離出腐朽的壁龕與更蒼老的東方。

有成群的野獸正為此嗅及現代的陰謀家，
但昏迷不醒的蝴蝶、昆蟲，比石頭更美，

也比游牧者內心更眷戀意外蓬勃的建築，
醜也是一種病，就在於它太在乎西洋鏡，

（天之中，何苦把自家快樂過的地方當做一個
不願再提起的小鎮，難道，大家真的就不懂
快樂的根鬚猶如西風漫捲催眠破額的眼珠子？）

真的是糊塗了，傾斜的曷影，難道不是在我們
任意立的一根樹幹旁開出曼陀羅華來。出，即治。
還有別的道路嗎？還有比這更荒涼狹隘的溝洫嗎？

燕雀啊，燕雀，蟋蛄啊，總是美麗至死的蟋蛄。

2012年

雕
像

飛機掠過城市上空時，許多人注意到了它
縮微呼吸的影子，客艙實際上要比這寬得多，
航程、流量與儀錶的造型比什麼都要精緻，
其卡塔爾分量，也要比這重得多。卡塔爾，
卡塔爾的飛機，富國沙漠中的小耳塞。但，
另外一個環節，卻吸走了我們的注意力，
因耳朵的轟鳴超過了我們正要去看的綠洲邊界。
而且，這樣渺茫的看，淡水一滴，清澈如牧羊人，
所以，也就不必漩渦般盯著懸崖去看了——
如此凝視或許會讓雲浮現一個青銅的鼎來，
或許會讓我們這些陌生人熱衷於剖腹相述。
除非小孩的彈弓偶然射中它，為了看其內臟，
很早就有人為好奇窺視過那些忠臣的內臟，
為殘忍地一剎那，也為我們全人類的所愛。
驚恐的鳥，突然把死亡放置在柔軟的儀錶盤上，
頑童把武器放進皮囊，惡人倒賣的那些器官，
不尋常地奔赴風景優美的抽屜。一個不太中意的人
貌似內行的扳手，就為了安裝簡易書架，（這些書
卻正是為了研究飛行之下這些雕像銘文的）
用他的屁股把一樽古老的雕像蹭倒在地，
破碎得更像今天紛爭的埃及或阿拉伯世界，
像雅各被更內在的摔跤者摔壞了大腿窩或鼠蹊。
然後還愣著問我：「這是一個很重要的傢伙嗎？

如果賠償，可不可以不收工錢？」當然，這錢是
悲傷的，如若，誰能帶來一個更堅韌的雕像，

比如，類似埃及阿斯旺——花崗岩的那種（我剛去
看過，方尖碑在山坡拔地而起，在指甲花與墓地旁），
或一次幣值更名，或一個令人畏懼的家族禁忌，
而不是想像的飛機殘骸，或客艙裡隱蔽的香煙頭。

2012

殤

幸好，詩人曾說，最殘酷的月份是四月，
非六月。六月，外省能隱約聽聞瓦釜雷鳴，
少有人知明日天氣涼爽是專為會議杜撰的，
高炮打摺子戲。高溫中的降雨和鋼板護胸的
女警仍然鬱悶，都要像雨燕執行安全任務。
「壞人」若出現，很意外，「好」也很意外，
誰都難以料逆今天會突發遭遇什麼（新聞報導
有便衣被明警誤毆，公交燃燒，蓄謀已久，

砍人著裝整齊，戴白手套，廣場舞大媽也戴，
一如既往，最後，都是公安部破案，而且，
也一如既往，最後，也都是某某不滿社會，
鋌而走險，然後，一連串的汽車改造，花錢
讓每個乘客都有權利用鐵錘砸碎玻璃逃生）。

在外省，即使最偏僻的米亞羅，或塔公草原，
我們還有什麼不能控制的呢？西藏人、康巴人
自己營造了一種氣氛，吵吵鬧鬧逗兒的有錢花，
安安靜靜無飯吃。所以，異樣的法會，在六月
都極不平常。貧窮、憤怒都是過度開發的剩菜，
該顧及的也沒顧著（越野車被盜走用來牧羊，
外國的轉基因，貂蟬續尾，變生豬），除非
玩膩了非燒死你自己，或不再忍受精神疏離。

我很懷疑那些不純的暴亂動機——忌恨誰？
同宗卻不同族，都由外國來裁判，卻從未
在內部搞個明白，像許多植物，如桫欏樹，
越過成長地，便會抵觸別有用心的環境，
或源於上世紀的謠言，或荒誕的坐冷板凳，
以致永久記住了那不可癒合的傷口。所以，
古老的百里之服，黨的輝映也只被曠野磨尖。

誰也不清楚白石崇拜的習慣來自何處？喇嘛們
除了念經，也去尼泊爾賣黃金、天珠和蟲草，
古董販竄鄉賣琉璃、唐卡、鎏金佛和嘎烏盒。
駿黑的玄鐵，我以為這些都屬於神聖的禁忌，
而如今，能炫耀的也只是把壓箱底的變為現金。
年輕稍有想法的變為富婆練密宗雙修的福音，
也變為項目虔誠的關係學。很快，大家也就
習慣了身分模糊的信仰，或為信仰所破費的。
更高級的僧侶，在印度拿度牒，京畿入黨校，
然後，由組織安排完成另一種意義的轉世。

所以，我比信滿天經幡更相信偏僻的瑪尼堆，
我也比信虔誠更相信食著腐屍的搖曳之鷹。
盲人能在一定的距離看見高原頻繁揮手，
而實際上卻是軟弱的外交節節敗退。收音機

每天播報著，誰的拐杖刺瞎了貓眼。誰捅了
誰的脊樑骨，或欠了世界很多，所以你就得
為貧窮的祖國買單，花錢的速度抵得上印鈔，
具體的分封步驟也正被新的省份祕密地拷問。

據說葡萄牙移民只需你買幢房子，而我們
擔心的只是瓷器夫妻會不會打夢覺捧跟頭。
蝴蝶花枝招展，卻極有分寸地安排了蹦躂，
（訓練、訓練，從1949年至今，正好
啟動，武功廢了小青年），手忙腳亂又曰：
充滿軟實力（像表演柔術，雖然學得很快，
但許多年前，卻不幸被我一言命中，附近的
中學喇叭一直不停地播放不知名的樂曲，
但我記得其歌詞大意是：學呀學得好呀，
腦殼學掉了，莫（沒）腦殼，學掉了……
母親原來最喜歡哼這支歌，嘲笑幼童上學）。

小鎮上的人，也開始突飛猛進搞仿古建築，
迅速著唐裝成立「夢辦」，民間則是「夢協」，
就像以前的「詩協」、「民協」。更多的外省，
也就更多自治的暴力，更多挖掘機的矯情史。
我始終未弄明白「軟實力」這個詞，也即真的，
一種看不見而又難以撫摸的實力，就像說，

非物質、暗物質，究竟還是不是一種物質？
新瓶舊酒，是否就是糞便裡醒來仍不悔的決心。
城市每日開各種奇葩，大把花銀行的錢，社稷的
地和資產，為政府圈地攢錢——其邏輯是政府
代表百姓，所以，也即為民掙錢。修一幢豪華的
辦公大樓，街道卻叫「為民路」。想的也確實
很周到，一個瘟三文人立馬跟上，撰文曰：
「何謂文化」。他的出場，都要付費。就像
拼貼的鳳凰搬進世博會，也得付費，敷彩。

類似的生意喜悅很多，我們也有足球、明星和
外教，沒一個成氣候，最後連泰國也打不贏。
因為泰國的球員會跆拳道，軍管的膝蓋骨很硬。
我們也學新聞發言人，但口齒卻沒那麼伶俐，
永遠照著稿子念，斷斷續續，還語焉不詳。
聞雞模仿的事太多，航母健身，黎明遺精……
開處方得喝梟羹，嚼西洋參。政府還號召：
每個城市都要有中等的博物館，但在本地，
連最簡單的小銅人或金箔也沒啥闡釋——但，
關於漩渦的符號鳥鳴，卻被計程車載著滿天飛。
對外宣傳，信口開河，就像說漢代大禹的
軟實力，或以為李冰父子挖河渠，他們入蜀

啥年齡？秦代挖兩條河需要多少人力、時間？
算也不算。或許是「高產田」固有的神話。

每臨六月，各地還得習慣想個更世俗的會議——
比如「財富論壇」，比如「國際狗肉節」，或
廣場大媽易裝，或「花博會」，讓可能的紀念
壞死掉。就像旅行地本是美國，或伊斯坦布爾，
導遊卻引誘導大家說「墨西哥」或「卡塔爾」。
一時去不了金字塔，那就安排在土耳其消磨
全部行程。生活在祖國，你得習慣意外的改變，
也得習慣文明合理拐彎，亂了套的航線，要去
適應外省叛亂的各種解釋，其實，懲下去的
洋蔥頭，也只是祖國平時任性寵壞的調皮鬼，
也不知無價值的核心究竟是啥？因一攬子給錢
計畫，連猴子也會在電視裡表演禽流感後吃雞。
第三世界什麼都需要，廣州的二手電器，義烏的
別針、石油、碳纖維，還有種紅柱石，有個
開發者耐心地為我描述它的遠景——其硬度，
可加強機場跑道摩擦，可做永不磨損的藏佛，
還可開發單兵散彈，穿透一切鋼甲……前不久，
西海岸又發明瞭葉岩氣、或鑽地彈，剛等大夥
有了烏克蘭的氣墊船，無人機，狡猾的敵國
又有了新的超音速……此起彼伏，劍劍難饒。

你還得習慣各種說法：污染身體的不是農產品
殘留的藥物，而是環境，而環境，則又是世界
普遍的現象，意思即常態。所以，東方或更適合
韜光養晦，一改變，就得習慣，春秋的臣非臣，
王非聖王，一攬子復仇夢。在我們窒息的城市，
你得習慣，媒體不停呻吟「來了你就不想離開」，
因為有閒適的功夫熊貓，也有地溝油和寬窄巷子。
接下來，便是本地傳說：少不入川，老不出少城。
毛氏參觀武侯祠，忒喜歡一幅寓意豐富的牌匾：
「自古知兵非好戰，後來治蜀要深思」。可現在的
治蜀者，則更喜歡川劇短打。元帥喜歡吃街頭的
烤紅薯，毛主席喜歡抱紅光小孩。另一個過氣的
黨魁（許多陰謀與他有關）來看傳說像他的彌勒。
工廠主學著把自己塑成金色的大披頭的彌勒和尚。
武則天說自己像毗盧遮那佛。至於杜甫和貴妃，
陳獨秀和張國燾，曾窩在這裡等死。有支軍隊，
穿過此境北上，另一支敗北逃遁，棄甲隱居峨眉。

上世紀，在圖書館還能遇到少數活下來的。現在，
你得習慣生命苦短，若不趕緊立項，錢便花不完。
必須任期內一切搞定，否則「飛鳥盡，悲弓藏」。
所以，你還得習慣各種隱秘的災難，周圍不停地
報導震中，也不停地說服：巨大的水庫乃必須，

化工廠無滲漏之貽，收費站就是幹收費工作的嘛，
（凡過期仍在收的背後都有一個豪邁的狠角）
而且，應該永遠。保險業滴水不漏，保險心繫
全社會，所以都得買。路橋收路橋費，工資收
所得稅……移動賣「套餐」跟相機必備圖元一樣，
各行各業，都學會了精算師的「套餐」、「定食」、
「捆綁」。金融叢林法。「反對」即「破壞」。

於是，你還得學會障眼法？城市短短的一截路，
會安裝上千個電子眼，紅龍變成社戲中的孔明燈。
世界最大的電站、環球中心，最大的歌劇院，
最長的繞城……超負荷的回扣，已醞釀越來越
頻繁的肺癌患者和項目瓜分者。謊言越多，
限制越多。你不光要習慣各種檢查，還得忽悠
標準化，片警配槍現在都很隨和，也還親民，
所以，你還得小心自己是個二流子，或精神的
作奸犯科。你還得記住植物特徵，四月是丁香，
五月提前一點是梔子花，六月燭光。但龍年的
記憶卻是頻繁的地震，很快就被汽車爆炸案
和間諜風波搶了風頭，斯諾頓知道哪裡埋著
中國的錢罐子。汽車一爆炸，便有人總結，
案件一定是這樣……話聲未落，果然，
也就是這樣的？大眾福爾摩斯的時代已來臨。

真相或就是說辭。如果，你的網頁僥倖露出
一張石化塑膠袋的圖片，立即就會被關閉。
比起「文革」的滿門抄斬，好像文明不少，
但也更有效。手機動員令也早被竊聽。
小市民抗議，猶如小資的奢侈和白領的玩偶，
已遠落後於機器監控和敏感詞符搜索。所以，
大家也玩反常化：原來「地下」的邊角餘料，
現在都成了祖國的詩歌代表；身分蹊蹺者
成了中產階級，作協會員，黨員，巧妙安排，
比如「苦肉計」，比如亞洲的政治路線圖，
甚至可從延安文藝直接去領各大國際獎項。
貪婪的蟲子誰都爬──你以為「反叛者」、
「監毀者」管蔡一類就可逃脫，那你就
還沒懂，什麼樣的欲望溝壑難填。項目人
多數坐而論道，以辨五材民器，以便取巧。
從現實收支看，百姓的日常開銷，超過了
西方發達社會，社科院立即有專家為此辯護。

惡在人心中沒地位，破壞卻享循環辯護，所以，
也沒人知道什麼可稱之為惡。富裕者為自己曾是
匍匐者復仇，用貧窮打擊破產。無學問靠混關係，
所以，還得不停地封嘴。無價值之人，權利濫用。
廟裡的女主持，讓信徒為自己要過的奈何橋付費。

宣傳部長，拼命印刷自己拍的熊貓。還有詩歌部長，
人道主義部長——此人說：「能賣錢才是硬道理」。
下屬全去捧場，詩人也興捧場。國企挪用公款炒股，
女主播嘰嘰咕咕的口型已被訂製，官大能壓閻王爺，
也能享受生理的頹廢，權力內外都有接應，自然囉
百姓也學著暴力哄搶。所以，也可謂「軟暴力」。
有個過氣的貪官死了，罪名曰：曾受賄兩只腕表，
幾個照相機，未經允許修了招待所。其他坐監的
看了，驚歎其廉潔，若在今天，算啥屁事！

為避免散步，抗議菜園污染，生豬注水，田壟
倒灌汙潲。北部的水含鹼，生白髮，南部的水
酸性，但南方公民狡猾，北方的闖蕩還是樸實些，
雖一代比一代更像龜孫，一群比一群也更勢利。
百姓油鹽醬米，智識者不吭氣，皇家還是南巡，
下江南擺弄公私合營，三角洲只多了能源控制，
勘探原野，大興水利，石頭變立方，動物瀕臨
滅絕。城市上空的霧霾，富貴皆知。工廠被勒令
停工，卻只為會議期間有好天氣能引歐洲外資，
空氣品質，全靠常委的人工降雨。連日出日落
都能控制，順便還得提高防空檔次，怕壞人偷襲。
居民不斷抱怨一條航線，因市長訓練小秘，整夜
睡不著。至於百姓難熬，則只能用威信搞小動作：

四隻動漫兔子，有個人前面阻擋，或暗用書脊的
「4卷」、「6卷」。畫家上傳金邊監獄圖片，
攝影師則把寇德克的「布拉格之春」直接載入。
更多私電影夢縈宋莊自由的「星光大道」。室內
遊子杜撰象徵性「兒歌」上傳……這些小哀歌，
都是對不肯認錯的痛惜。但祖國，從不背叛自己，
它所作的每個選擇，都像不倒翁，都孤僻成性。

2014

本地

老地方，一往情深的舌頭註定會談論同樣的事情，
同一塊石頭從裡面蹦出來的還是它的壞結構，
還是那些地方新聞和變動，實際上，沒啥子變化。
封死的窗玻璃勾住的還是那些木棧道上魚的名稱：
黏稠的「肉棍子」（紅眼魚）、驚詫的目魚（舌鰨），
有種黃魚，與內地吃的不同，很像閃光的小篩子。
看上去釣魚竿釣的是那些宣傳畫片而不是魚。
散步遇上的還是那堆奔跑的肌肉，冷泳的老皮膚，
自由的快艇，被管制著馳向金門島上的標語，
把它當政治風景看，還是當年的「三民主義」，
還是詆毀的小舌頭，還是他們坐擁草叢亂扔垃圾，
等著清潔工來收拾，像包子店收拾的那些早餐客。
廢碉堡新貼了紅色標語：釣魚島是我們的。
我不知道國防水泥現在是不是會更結實些——
這些年聽到的可不太妙啊。在綠店鋪的草坪上，
大家最愛講「文革」時的叛逃者，遊了很久，
爬上來還是這裡，有的遊過去了，但突然想到了
老母親或餵的兩條豬。現在，大概有點反過來了。
當年，兵哥子在島上被迅速殲滅，霧死於過濃。
引得巨大的軍事喇叭，蛇伏劍麻不斷地喊投降。
如今，一切都變成了旅遊，塹壕出租，高射炮
打不斷變異的蚊子。兩岸都用口號標語搞統戰，
一個臺灣人說：我們乾脆互相插旗幟，貨幣通用。

風景變化就是生活的變化。設計師已在描金門大橋、
大澄島的飛機庫和免稅區。文化工作者開始
處處選拔歌手，政客說，這是美學入侵腦細胞，
實際上是更廣泛的流行病，美國的馬拉松被炸，
菲律賓懷疑被抓的漁民是臥底，胖子又搞亂半島，
幕後支持可能是俄羅斯，否則，他怎會那麼輕狂。
誰也不清楚間諜衛星究竟能看清什麼。現在的木馬計，
要算成本。同安方向，還是夏日的霧和不明的開發區。
我們去看一個豪華的樓盤，那樓盤卻對著殯儀館。
頂樓，要先交一萬塊錢，才能爬上去看停機坪。
而直升機、遊艇、房車，還像蚱蜢在草叢穿梭，
給住戶申請未來的土地，真正的奢侈其實是空間。
磚頭用來蓋房，也用來砸人，還可以教訓瘋子。
喝酒成為官僚的新標準，詩或可用來抵抗薄命。
沙灘明明寫著「水深莫入」，但佘族還是挽起褲腿
去揀海蠣子，破敗的習慣一直將生活的門檻抬高。
我們圍著圓桌吃的還是那些最低價、卻衛生的魚。
粗糧不斷地被招來，還是無所事事，排著班請吃，
和陌生人調侃，聽他們不斷地念手機裡的格律詩。
今年是本命年，不傍哀家，想清靜最好待在本地。

2013，4月，廈門

關係

我每割斷一種關係，就輕鬆獲得一分自由。
人與人相互皺成的是層包裝紙，月亮變得
很大，距離正在改變。我每割斷一種關係，
就獲得一個「近似詞」。不斷嚼泡菜的人，
擠在立體罈子裡發酸，並不真懂得「擁擠」，

（這個，或只有到地獄口才知啥子是體量，
埃及阿比努斯黑狗的天平稱要量所有人，
然後，解你未脫盡的繩扣把你再度絞死。）

近似於「理還亂」或變性。所以，每割斷一種
關係，我的心就「溫暖」跳動一次。許多年來，
我都這麼幹，相交淡如水。我每割斷一種關係，
我便會重嚼人生另一枚苦果，以致嫌累贅的人
竊喜咱「很可憐」地被擠出去，我很樂意別人
這樣認為，因我僥倖更早甩掉了臍帶，我說過嘛，
「我要為昆蟲讓道」，「也覺著身體更富彈性」。

我每割斷一種關係，便獲得人清醒的緩衝，
又何須急於奔命——每見色情的翅鞘布滿了
電話，便條，察言觀色，頻繁地「伊妹兒」，
（人人行走都低頭盯著手機看各地的反應）
便知道他們擔憂什麼，「白圭之玷」，缺口。

要磨很久，才重新磨得出一個圓滿的形狀，
才會有蘑菇樣的降落傘，溫室裡才會有一塊

磨皮擦癢的基石，同一個等級的鞋業女士，
派上用途，改變過許多命運。如今被視作
過渡的「精衛」，但也填不滿勢利眼。而且，
還不啻一個借女人的鞋漱口，不光一種消耗，
被人蛹傾聽，而是看得見，摸得著──最後，

或許會僥倖留下筆財富，讓黃鼠狼感覺安全，
危巢下希望有個完卵，這早已不是什麼祕密，
（為了炫耀，他們告訴所有的人，而且，
會說：「記住，別告訴百姓。我只器重給你
一個人講……」。結果，人人皆知此時代的

糗事）但，我從不相信他們。每割斷一種關係，
我就更準確地瞥清對方。單腿要維繫一種權利，
他就得「成群結夥」，相互絞盤──翻臉詆毀，
把一個中產階級的「鳥卵」錯誤地排在蛇窩裡。
這種「向心力」，不可阻擋。就像藝術炸藥，

其離心力，本用於開山劈石，結果，卻炸出一幅
狡猾的青綠山水。然後開始評說「先生控制真好」，

它連接一種「道德力度」。窮人手無寸鐵，也能通過
汽油桶，直接拼成「潛水艇」。痞子創意，裸官叢生。
我每割斷一種關係，甩掉舊式的拐杖，本相處更久。

但螞蚱性急，時辰不多，更願直接地「消費關係」。
不用，過時作廢，不用白不用。所以他們就得費辭
為身外更低級的「自然」辯護。所以，我也很樂意
為本能的「軀體」讓道。舞臺如走馬燈，或跳房子，
蕪夢固然可敘，但魔術燈籠，並不確定這凍土宜居。

2014，甲午年

歡迎來到龐奇[1]——致西閃、西門媚夫婦

……現在，開始進入倒計時——「打虎滅蠅」，
更小的蚊子也開始準備埃博拉口罩。最大的
猛獁從松遼平原的焦油奮起，為了屍骨安全，
為了復活還有千頃澄潭，歡迎來到「龐奇」。
我只是從電影偶聞了這名稱，內容反倒忘了。

（應是好萊塢的離間道，西海岸的白種人和
武大郎相互買單，相互踹著，連克魯尼也駕[1]
出事的太空艙連接中國仿造的龐奇和互聯網，
商業打破政治抗議，或可以讓不自由的龐奇
很有面子的歸順文明，北伐劇恐還得繼續演。）

想必是一個天不怕的地方，或歐洲車荒掉的
廢氣筒，滿城清洗的捲髮器，蠍子兵不停地
訓練撲湯蹈火，耗子滿地爬，由彭州傳來的
消息是化工廠責無旁貸[2]，要一切從百姓出發，
既要考慮蒜薹的青綠，也要顧及成品油籃子，

既然木材已被巨大的恐龍踩躪，那麼塑膠桶
和尼龍襪，卻可以聊補無米之炊，可以伴著

1　喬治·克魯尼（George Clooney）美國演員。
2　四川彭州石化廠，於2008年汶川大地震前開建，因那一帶原為蔬菜基地，
　　遂遭成都部份市民在九眼橋以「散步」的方式和平反對，隨後被公安武警
　　驅散。

百姓的泡菜罐子清唱，可在官府譜寫人民路，
可以把各種竊聽的公共場地變成戰時想像的
避難所（為此地安全，又購買歐洲最先進的

監視器，一切也是為了身心樸素，因為呀，
這渾濁的烏有鄉已沒一株植物可吸納瘟疫，
而轉基因的比目魚[1]，仍然在看不見的河流[2]
歡快地泳著，渴慕眼能清澈觀見，而更多
昏迷的微生物，還以為蠅虎雜交絕無可能）。

其實是可能的，我們每個人已適應了各種
生物的嫁接，對疲勞都備有興奮的推卸劑，
否則不可能苟延殘喘至今在汙穢裡玩彈跳，
還誰都不曾失手，精神在龐奇，已趨密響，
猶如萬仞深淵，就像紅糖糯米，吃著黏糊，

但它也是洩氣的花朵釘子舞，你看似在跳，
實際上，也只是個慢動作，庶可用來寬心，
當然，都是虛晃，因中樞掌舵的是灰黨制。

---

[1] 傳說中的魚。《爾雅》載：「東方有比目魚焉，不比不行，其名謂之鰈。」
郭璞注曰：此魚形「狀如牛脾，一二片相合乃行，江東呼至餘魚。」《搜神
記》稱比目魚為「餘腹」，據傳越王切肉不小心掉入水中所變。
[2] 西門媚有小說《看不見的河流》，記述成都本土媒體變革間的人與事。

依照武俠性格，或，我們本還想從愚昧
喚醒一種古老的性格，如山東快書所言：

「男人要闖，女人要浪」。男子風馳電掣，
折射入龐奇的壁鏡，女子倜儻，嫵媚風流。
但如今國光不興個人的武事，美麗也很難，
便只得懷璧苦思，看南河一朵萎縮的芙蓉，
搗藥晚睡，寫報屁股，遇小巷裡的算命人，

研究「杜贊奇」[1]——而非龐奇，夢輕王侯，
漏屋撐傘爬起來尋口腔好像又從未刷過牙，
還未習慣用艾草熏龐奇的美人痣，細想起，
也似乎從未精細泡過茉莉，烏雲壓髮釵時，
也未搞贏計算那城頭究竟豢養了多少還能

預報地震的烏龜？災難頻繁，也一概因為
蝦蟆呱呱亂叫，或因百姓隨地吐痰、拉屎。
（怪跳廣場舞的成都叟，喝鴉糞也沒記性）
烏龜城裡的人民也都做了縮頭王八[2]，嗜好

---

[1] 杜贊奇（P Duara），美國學者，所著《從民族國家拯救歷史》，西閃在
其述評《沼氣池與雇傭兵》一文中引用過。
[2] 成都古有稱「龜城」，據《搜神記》載：「秦惠王二十七年，使張儀築成都
城，屢頹。忽有大龜浮於江，至東子城東南隅而斃。儀以問巫。巫曰：『依
龜築之』便就。故名『龜化城』」。龜鱉也俗稱「王八」。

傷心的功名，──這點，龐奇還蠻講信用，
只要你申請就必有功德，只要填表龐奇黨，

便擁一大幫文旅神仙，小額貸款，並唱青衣，
歡迎來到龐奇觀潯陽寒雪，還有寬敞的錦帶
千條結似的纏望江樓的小虹霓[1]。有「麻花」[2]
抒情，抗議散步，想讓蒙羞的平原作深呼吸，
也有惡狠狠的驅趕者和打呼嚕的「胖大官兒」[3]，

一步一趨，量日常的燒酒，一日一涉恍惚的
揚州畫舫，假風景裡談古論今，說杜甫創意。
那當然，唐朝還有「地攤書」，還有龐奇志怪。
亦如今朝此地有「防空辦」，「作協」、「夢協」，
還有群老頭退出政壇後在古玩市場倒賣黨證。

各種冒牌貨的電子器械和盜版碟依舊閉門銷售，
還有群光咚咚在那玩雜耍分身，患了下半截的
心臟病，卻會了藏頭詩，正歡迎龐奇玫瑰盛開，

---

[1] 望江樓，是明清間為紀念唐代女詩人薛濤修建的，後辟為公園，裡有薛濤井。

[2] 「麻花」是蜀地一種民間的油炸麵食，呈絞絲狀，故有人把關係親密出行常在一起的夫婦或男女戲稱為「麻花」。夫人曾自戲謔我們夫婦為「老麻花」，而西門媚和西閃則為「小麻花」。

[3] 這裡借用法國小說家拉伯雷（François Rabelais）《巨人傳》中的口吻大致戲謔「權勢」。

歡迎化學牙膏能把一切不文明的口腔加以清洗，
把破碎的亞洲和奧巴馬拼貼成龐奇的海市蜃樓：

東洋首相騎超音速騾子成了超人，苗條的普金
受邀在寬窄巷跳芭蕾。貪官褲襠裡揣桃木避邪。
歡迎來到龐奇啊，歡迎來看這慘澹的盤根錯節，
來看熊貓大象跟蝴蝶學蹣跚的功夫，來看死城
攀至雲中的摩天黑繭。來看瘋子頭上的山茶花，

丐幫的復興計畫，孫悟空給獼猴桃注射膨大劑，
百姓被沼氣雇傭的福分[1]，每天漲價，只好磕頭。
龐奇什麼都有，包括巫醫，不費勁地把人弄死；
讓易裝癖去同性戀酒吧，去泛泛交談疑心病和
老右派的懺悔；有教堂，但也有細心的黨支書。

尖頂不能外露十字架[2]，絕對。婚禮宴席可以，
家庭教會不行；耶穌可以，切忌用來比劃禱告；
山水可以，佛可以，但不能聚眾，過於龐奇化；

---

[1] 隱藏西閃的一篇文章名《沼氣池與雇傭兵》。另據古籍載，蜀地漢代便已開始利用天然氣。

[2] 現在國內，但凡基督教教堂建築規模，都有嚴格的規定，而且，尖頂建築上一律禁安十字架。

金河可安裝化工欄杆，但，你不能用腦袋去撞。
總之，一切的一切，必須維護傳統的空間彈性。

歡迎來龐奇，歡迎到百花潭看散失的牛馬悟禪，
到南橋喝茶，吃回民鍋盔，清談諸葛亮和劉備，
你可收集巴山的夜話錦灰，歡迎淋龐奇的酸雨，
但，如果，你要挑剔烏托邦污染的饑荒和祕密，
你齧齒類的嫵媚，若要鬆口，換一個笑來譴謫，

（龐奇規定一切低智表現和無能均屬於機密）

那對不起，龐奇高懸的警鐘就會專門為你敲響，
他不會那麼蠢地棒殺你，讓人誤會你是反惡棍，
對不起，龐奇最不缺的就是「迫害精算師」和
反探，只需用陰陽五子小小地設個局，麻雀們，
請飛別處去吧？到處都有反省的標語和人造景，

歡迎去更安全的龐奇，那裡大樹都守著副殘棋
可以喝漫長的早茶，可以吃蛇，南越王的後裔
還在望洋觀風，公民猵夷還等著碎石機的較量[1]。

---

[1] 華夷、華夏之華，舊時多用「猵」。

歡迎來龐奇，毀滅的路標一定在你曾待的西邊，
而多變的風向，卻恰好在把你趕出龐奇的廣東。

2014，甲午年，中秋

跋

　　現在，給詩貼各種標籤，是懶人的表現，這恰好說明它於此邦，幾乎瀕臨滅絕——不是說，有多少人在寫，在機關枯坐蹭飯的、退休絕望的、富裕後的「緬懷」、風光配詩、夜宴酬答、書家憑此誆人、舊時文學情結未了，如今老了感觸良多……全用手機搗鼓「格律詩」，如滿天飛的短信。各種傻子獎頒給大白話「格律詩」，並非空穴來風。內外皆知，此邦好沉湎紊亂之國民性，只要啥玩藝成風，便成災難，人口翻倍，災難也翻倍——像「革命」啦、「普羅」啦、「皮包公司」啦、「現代主義」啦、「先富起來」啦、「創意產業」、全民「地產」、「朦朧」、「美術」、「水墨」……一切鬼畫桃符的代名詞，其實，也就是波德萊爾所言的「汙穢卑賤的迷宮」，也即自殺者所謂「做生意的俄國」馬雅科夫斯基《兩個契訶夫》——如今，只是轉世為「炎黃生意」，其實，也就是變相的「破壞」。在大家玩得很開心時，若隱若現的歷史隱喻，詩的「原型困境」指詩人與帝國的對立，源自奧·曼夫人和布羅茨基，王家新先生有譯敘，又搖晃沉渣，換了說法，泛浮於世，恍若埋下的伏筆（譚嗣同敘之「陰疾」）……巧妙循環下來，亦如法國史學家路易·馬德楞（Louis Madelin）所言：「有人說過，『人心是無限的』，我也說，革命也是無限的」。滲透所有的人和領域，天網恢恢，疏而不漏：「白沫浮其上，紅沫也浮其上，所有深藏於內的窮凶極惡，一起暴露」（凡德爾（Vandal）言）。何以如此？讀讀漢娜·阿倫特的

《論革命》，就會明白，此時代，彼時代，雖各有萬花筒般的景象，倘若刨根，最後怕還是難逃宿命：國王統治人民，利益統治國王，而更多的國王窺伺利益。普通良民、近世日趨弱智的知識者，於世俗社會，習慣了閉門惡鬥、自戕，結果，剩下的，也只看到別人想給他看到的玩藝，然後，不斷說服自己──當代詩，幾乎多作「說服下的狐媚狀」，居亂世，卻還能幸福地打著「格言」的呼嚕，與他們「以為」已矯枉過正的「革命」一樣，尋著永久的紀念碑，跟嬰兒抓鬮摸父母所願望的未來相似。所以，埃利亞斯・卡內堤注意到，革命、動盪中，人們很喜歡破壞堅硬的雕像（《群眾與權力》）。因為，群起而哄之，他們也就只看到那玩藝。舊的不去，新的不來。新舊區別如何，他們是不大想的。所以，又多見了過去，為了哄抬偶像，愚蠢地擊殺活人，現在，為一點表面價值，或蠅頭苟利，趨同伐異，盡顯手段。無不施展現代東方駁雜的「阿拉丁魅惑」。所以，觀察正常的詩人，不是看他如何熟練地運用句子，斬獲名頭如何，而是看他如何撲滅流竄至頭上的「神燈」，袪狐媚、匡低智。此詩集中的《紅鬍贊》有句：「鬍子都長到窮人身上去了」，即挪揄那令人擔憂的循環往復。這種「惡」，頗似小說家的變色龍（契訶夫著有《變色龍》），非夫子「潛龍」龍，德而隱者也，不易世乎，言聖人之德，不為濁世變其所守，於芸芸眾生，並未貼標籤，也沒時間表，──所以，有的，你看得清，有的，近赤染墨，上身後，卻看不見。而這幾代，大致歷經「毛時代」馴化，又恰好是河這邊的自己不大看河那邊的自己，故有今日蟻穴潰堤的「三無社會」（餘《旁觀者》引吳宓師語：毛澤東後，中國將墮無道德、無信仰、無文化之社會）。情境非常可笑──因為，你看到，每個人

撊著頭髮要把自己乾淨地拋出，然後，又都深惡痛絕陷入此「自作孽」之惡況，然後，又扮雅人，整體呈現在極為惶惑的世界面前。其實，那泥潭，是大家多少都攪過的，誰也難脫幹系。但各路光鮮的精英，推諉於環境或認為是必要的代價，誰也不會攪在自家身上，加以警醒，遂墮群愚時代如出一轍，卻又以詩文說事。今後，中國有無勇氣改變，有無真正適合詩歌存在的理由，環境，吾民的宿疾與寫家的人格分裂症，孰更危險，也未可知。

〈雕像〉一首，便敘及一個具體的東西，幻滅間，可以是卡塔爾的小飛機，也可能是埃及阿斯旺的方尖碑，然後，又轉換成「縮微呼吸的影子」、「客艙裡隱蔽的香煙頭」──那是很危險的，甚至也可以是我手裡正考著的雕像和古銘文，對於失魂落魄之輩，陌生猶如驚雷，卻將打破千載黃土神肇始的傳說。所以，從某個角度看，較純粹意義上的詩，也許根本就不存在──不以文字分行而存在，或以普羅文學殘湯剩羹的流水帳而存在，更不會以取彼和虛假命題存在……一言蔽之，即不以「假斯文」存在──如果，大家還把詩視為文明的一種表現力。所以，文明傳統邈遠之下，古風不再，於骨子裡，我很「驚悚」數代人的詩寫作。不得不置疑那些我們曾一度熟悉的環節，曾讚美過的那些方式，那些幼稚的詩歌本體論，甚至蕩漾在每一詩句中那「甜蜜的狡猾」因其構成的秘略不為人識。唐代的月亮，很圓，或因人癡，今日月兒也圓，而且很大，離地球也近，但，倘若誰簡單咿咿呀呀詠著──「床前明月」、「采薇」、「死水」一類──便一定會被當做傻子，只懂得抹桌布，不懂得現代詩（遺憾的是，這類寫手很多），問題或許也就隱伏於此，這恰好由另一個側面說明，現代漢詩寫作已有根本的變化。我想，今天的詩人，因環

境不同，翻譯傳遞量不同，詩歌人口呼應驚人的密集，簡體白話失血淬煉成精，恐怕沒有誰不瞭解現代詩技巧的，選擇性很多，也不一定非得理論的理解，直覺的，運用的，戲仿、轉移的……跟今日中國的「政治」，沒有哪個老百姓看不懂的一樣。後現代不斷敘述的「沒有難度的平面」，俯拾即是。有日，與人閒聊，偶敘挪威蒙克，便有畫家言，我現在正學著「蒙克」，並以手機顯示一二，晃眼看（我倒真有老花），暈乎乎的，也蠻像──所以，也不妨稱「晃眼蒙克」。既然有「晃眼美術」，便也就有「晃眼詩歌」，藉助「經濟市場」（其實，這也是幻象），猶如朝大眾傾倒垃圾書籍似的朝「市場」潑糞，「發表」，訛為「傳銷」──既傳銷，便得有廣告、標籤。敘詩人，文人，得冠以「著名」，方有萬人迷。民國時，誰又見了說魯迅便言「著名的魯迅」，「著名的陳寅恪」一類，卻都只見了稱「先生」的。羅振玉、王國維二氏、考了漢碑、甲骨、先公先王，也都自掏腰包刊刻，未見「發表」二字。前蘇聯專制時期詩人曼德爾斯塔姆為人傳誦的故事即，當有人抱怨發表不了詩歌時，他怒吼道：荷馬發表了嗎！但丁發表了嗎！俄國革命後，即便奧‧曼氏也幾乎沒發表，多用手稿朗誦──包括那首最後葬送自己的諷刺詩。而於簡體漢語的祖國，詩歌是一直發表著的，幾乎就從未斷過。你到底把自己框在哪個座標刻度盤裡，階級的？工人的？共和國的？作協的？跨文化的──還是一種「認知」能力，這很關鍵──若一貼標籤，諸如「第三代」啦（只有傻子才把自己綁在國家主義的刑柱上）、「中年寫作啦」、「知識分子寫作啦」、「撒嬌派」啦、「下半身」啦（上世紀的詩博會無奇不有）……那也幾乎等於把自己綁在了奢侈品的戰車上，還忘了背誦一長串名

字——「阿瑪尼」、「ZARA」、「奔馳」……。每當我從二戰影片，看見納粹時期的戰爭、捕殺，黑衫黨都開「奔馳」，其「酷」的程度，甚至超過了今天的樣式，我便想到，「標籤」只是一個中性的「服務生」，上世紀商界術語「行頭」，甚至想到，剛暴出的醜聞，我們祖國漂亮的女主播，她們的口型，不光撩撥百姓對假新聞和低級文藝的興趣，也引起了「大老虎」們最邪惡的慾望——「生理衰退的政治口交」。或即羅蘭・巴爾特描敘的「撒尿的玩偶」（《神話修辭術》），嘉寶面孔似的型相（idée），但，其實，並不真正具備性別特徵。所以，對貼滿各種標籤，不加區分的詩人、詩作，我是持懷疑的態度。所以，也就不難懂得，即便今日社會，仍有如此多「蹭詩飯」的。過去，與人私下也沒少戲說：既已非「文革」，若無真詩情，去做做別的，不亦樂乎！有了盡可施展其他本事、大可不必「非寫」的環境，還「扭朵費」（蜀語），與強迫癥近似，那恐怕混入「低智」的概率便很大。中國近現代文學，本就一直低智走勢，倘若還非得「內循環」，接納各種「文學的下崗工」，其局面、惡化，可想而知，與官場無別，混吃混喝，對過去的非人性，即無憎惡，對今日弊端，或進步，也缺乏基本判斷、態度，只活在當下，其也「當下詩」，而舊時的一切惡習，反倒見了他們施於所依附的群體——若真有那麼個詩群體——袞袞諸公，因缺乏才華、認知力，而又想在後現代的「野蠻性」中有一席之地，便不得不偷雞摸狗，貼各種標籤，也就是我在詩中借用現實術語諷刺的「豬堅強」和「牛前進」。我可以毫不客氣地說，今日中國詩壇，基本就是這兩股勢力，大家還好意思不給以臉色？大勢如此，有時，你也就不能不有反常的態度自我懷疑：一個不潔的時

代，你要做個「乾淨」的人，滴水不漏，這是可能的嗎——這是
可能的，因為，我們的時代已具備了一種自我說服的能力，隨處
可感，所以，我在《旁觀者》衍生過一個話題，即「這代人，要
麼不乾淨，要麼不道德」；在這急劇世俗化的社會，詩人脫俗，
這是可能的嗎——這大概也是可能的，否則，阿多諾為什麼要
說：「奧斯維辛之後寫詩是野蠻的」。若轉移話題，或也可說：
「革命劫難之後寫詩是卑鄙的」——但，大夥也確實身臨其境看
到了，「順口溜」、「美文詩」、「偽哲詩」……蜂湧而至，這
是可能的嗎——這當然是可能的，而且，可悲的是，那還真是個
「事實」。關鍵在於，這是哪樣「事實」？是歷史學家所說的
「選擇性事實」，還是可用諸多座標察看、界說的事實……就像
過去，大家愛說「勝利」（於詩，是「成功」，空話，還是空
話，莎士比亞語），但，雙方付出的代價，倘若不坦誠地公諸於
世，那麼，時代的成就，便會大打折扣，若能把死者的數量統算
出來，亮相，驚人的比列，又不能不讓人懷疑大家所迷戀的神
話。所以，由警覺的優秀者，我意識到「風格基本在宿命的範
疇」（見於紀念張棗君的文章〈詩人與識〉）。而由尚未完全喪
失的懷疑和自制力，或還倖存一線希望——不再成群結夥、氾濫
成災的希望，或殘留心靈的廢墟以後觀，也未可知。

　　　　　　　　　　　　　　　　　　甲午年九月於西蜀

語言文學類　PG1352　中國當代詩典　第二輯01

垓下誦史
——鐘鳴詩選

作　　者/鐘　鳴
主　　編/楊小濱
責任編輯/李冠慶
圖文排版/連婕妘
封面設計/蔡瑋筠

發 行 人/宋政坤
法律顧問/毛國樑　律師
出版發行/秀威資訊科技股份有限公司
　　　　　114台北市內湖區瑞光路76巷65號1樓
　　　　　電話：+886-2-2796-3638　傳真：+886-2-2796-1377
　　　　　http://www.showwe.com.tw
劃撥帳號/19563868　戶名：秀威資訊科技股份有限公司
　　　　　讀者服務信箱：service@showwe.com.tw
展售門市/國家書店（松江門市）
　　　　　104台北市中山區松江路209號1樓
　　　　　電話：+886-2-2518-0207　傳真：+886-2-2518-0778
網路訂購/秀威網路書店：http://www.bodbooks.com.tw
　　　　　國家網路書店：http://www.govbooks.com.tw

2015年10月　BOD一版
定價：420元
版權所有　翻印必究
本書如有缺頁、破損或裝訂錯誤，請寄回更換

國家圖書館出版品預行編目

垓下誦史：鐘鳴詩選 / 鐘鳴著. -- 一版. -- 臺
　北市：秀威資訊科技, 2015.10
　民95]
　　　面；　公分. -- (語言文學類 ; PG1352)(中
國當代詩典. 第二輯 ; 1)
　　BOD版
　　ISBN 978-986-221-864-8(平裝)

851.487　　　　　　　　　　　104010927

讀 者 回 函 卡

感謝您購買本書，為提升服務品質，請填妥以下資料，將讀者回函卡直接寄回或傳真本公司，收到您的寶貴意見後，我們會收藏記錄及檢討，謝謝！
如您需要了解本公司最新出版書目、購書優惠或企劃活動，歡迎您上網查詢或下載相關資料：http:// www.showwe.com.tw

您購買的書名：＿＿＿＿＿＿＿＿＿＿＿＿＿＿＿＿＿＿＿＿＿

出生日期：＿＿＿＿＿年＿＿＿＿＿月＿＿＿＿＿日

學歷：□高中 (含) 以下　　□大專　　□研究所 (含) 以上

職業：□製造業　□金融業　□資訊業　□軍警　□傳播業　□自由業
　　　□服務業　□公務員　□教職　　□學生　□家管　　□其它＿＿＿

購書地點：□網路書店　□實體書店　□書展　□郵購　□贈閱　□其他

您從何得知本書的消息？

　□網路書店　□實體書店　□網路搜尋　□電子報　□書訊　□雜誌
　□傳播媒體　□親友推薦　□網站推薦　□部落格　□其他＿＿＿＿＿

您對本書的評價：（請填代號　1.非常滿意　2.滿意　3.尚可　4.再改進）

　封面設計＿＿　版面編排＿＿　內容＿＿　文／譯筆＿＿　價格＿＿

讀完書後您覺得：

　□很有收穫　□有收穫　□收穫不多　□沒收穫

對我們的建議：＿＿＿＿＿＿＿＿＿＿＿＿＿＿＿＿＿＿＿＿＿

＿＿＿＿＿＿＿＿＿＿＿＿＿＿＿＿＿＿＿＿＿＿＿＿＿＿＿＿＿

＿＿＿＿＿＿＿＿＿＿＿＿＿＿＿＿＿＿＿＿＿＿＿＿＿＿＿＿＿

＿＿＿＿＿＿＿＿＿＿＿＿＿＿＿＿＿＿＿＿＿＿＿＿＿＿＿＿＿

11466
台北市內湖區瑞光路 76 巷 65 號 1 樓

秀威資訊科技股份有限公司　　　收

BOD 數位出版事業部

⋯⋯⋯⋯⋯⋯⋯⋯⋯⋯⋯⋯⋯⋯⋯⋯⋯⋯⋯⋯⋯⋯⋯⋯⋯⋯

（請沿線對折寄回，謝謝！）

姓　　名：＿＿＿＿＿＿＿＿　年齡：＿＿＿＿　性別：□女　□男

郵遞區號：□□□□□

地　　址：＿＿＿＿＿＿＿＿＿＿＿＿＿＿＿＿＿＿＿＿＿＿＿＿

聯絡電話：(日)＿＿＿＿＿＿＿＿＿　(夜)＿＿＿＿＿＿＿＿＿＿

E-mail：＿＿＿＿＿＿＿＿＿＿＿＿＿＿＿＿＿＿＿＿＿＿＿＿